# Le Chevalier inexistant

Un jour que Charlemagne passe en revue ses paladins, il fait une curieuse découverte : dans l'armure blanche d'Agilulfe Bertrandinet des Guildivernes, il n'y a personne. Agilulfe n'existe pas. Ce qui ne l'empêche pas de combattre, de veiller à la discipline, de commander à son écuyer Gourdoulou — lequel existe bien, mais ne le sait pas.

Sur cette donnée insolite seront repris parodiquement, à un rythme endiablé, tous les thèmes de la chanson de geste, du roman courtois et de la quête du Graal. C'est la bataille à coups d'injures des chrétiens contre les maures et l'initiation décevante du niais jouvenceau, Raimbaut ; ce sont les tendres, les explosifs sentiments de la paladine Bradamante, bien vainement éprise de la vide armure ; c'est la quête anxieuse de Torrismond, né d'aventures assez obscures entre sa mère et le saint Ordre du Graal ; et c'est aussi le mystérieux contrepoint lyrique de sœur Théodora qui, dans la paix de son couvent, rédige la chronique de tant de merveilles.

Comme toujours chez Calvino, l'évocation de nos ancêtres est un détour narquois pour mieux comprendre l'amertume de notre présent. Les personnages du *Chevalier inexistant* s'agitent comme des marionnettes siciliennes, mais ce qui leur tient lieu de fil, c'est une secrète angoisse. Sans doute en Agilulfe lui-même faut-il lire à la fois la raideur de l'homme de principes ou de devoir et la déception navrée qu'éprouve devant le réel l'homme de projets et d'espoir.

*Italo Calvino est entré dans les lettres en découvrant la Résistance à travers les yeux d'un gamin sans attaches. Prodigieusement intelligent, toujours ironique, inventeur lyrique et ne cessant de trouver des figures pour ce à quoi il revient toujours, l'écriture, il a publié sous le titre collectif de « Nos ancêtres » trois romans :* le Vicomte pourfendu, le Baron perché, le Chevalier inexistant ; *des récits sur l'Italie moderne (*Aventures, la Journée d'un scrutateur) ; *des fictions entées sur la science (*Cosmicomics, Temps zéro), *sur les tarots (*le Château des destins croisés), *sur la ville (*les Villes invisibles) ; *et un grand roman sur le lecteur de romans (*Si par une nuit d'hiver un voyageur...). *Il est également un essayiste aigu dont les interventions ont été recueillies dans* la Machine littéraire.

# Du même auteur

Italo Calvino

# Le Chevalier inexistant

roman

TRADUIT DE L'ITALIEN
PAR MAURICE JAVION

Précédé de
« La mécanique du charme »
par Roland Barthes

*Éditions du Seuil*

TEXTE INTÉGRAL.

EN COUVERTURE : illustration Andrée Tatu/Gilbert Guédon.

Titre original : *Il Cavaliere inesistente*.
© 1959, Einaudi, à Turin.

ISBN 2-02-006685-X.
(ISBN 1ʳᵉ publication : 2-02-001433-5.)

© 1962, Éditions du Seuil, pour la traduction française.

# La mécanique du charme

Dans un écrivain, il y a quelque chose qui toujours est têtu, toujours est entêté, toujours, finalement, est irréductible — et, par là même, il est très difficile d'en parler — et qui est, disons, ce que l'on appelle encore la littérature... ou peut-être l'écriture, mais ne raffinons pas sur la distinction. Or, le fait que Calvino est une voix de la littérature se voit immédiatement dans ceci que son écriture n'appartient qu'à lui. Il a une écriture qui est absolument spécifique : comme tout grand écrivain. On la reconnaît. Et c'est ce que l'on appelle, dans le jargon scientifique, un idiolecte, une façon d'écrire qui lui est propre. L'idiolecte d'un écrivain est toujours une sorte de dosage, la combinaison très subtilement dosée d'un certain nombre de charmes — en prenant le mot au sens fort qu'il avait au dix-septième siècle, c'est-à-dire d'enchantement —; un dosage d'enchantements, de traits de séduction, de traits de satisfaction à même la langue ou à même le récit — c'est difficile à dire. Et l'on peut essayer de passer en revue quelques-uns des charmes de l'écriture de Calvino.

Pour moi, je vois d'abord le fait qu'il dispose d'une imagination très particulière et l'élabore : ce serait, au fond, celle qui a été mise en scène par Edgar Poe, ce que l'on pourrait appeler l'imagination d'une certaine mécanique ou la mise en rapport entre l'imagination et la mécanique. C'est une proposition qui a une allure un peu paradoxale parce que, d'un point de vue romantique, on pourrait penser que l'imagination est au contraire une force point du tout

*mécanique mais extrêmement « spontanée ». Or, pas du
tout. L'imagination, peut-être la grande imagination, c'est
toujours le développement d'une certaine mécanique. Et, en
cela, d'ailleurs avec des différences de style très fortes, il y a
un côté Edgar Poe dans Calvino, parce qu'il pose une
situation qui, en général, est, disons, irréaliste du point de
vue de la vraisemblance du monde, mais seulement dans la
donnée de départ, et qu'ensuite, cette situation irréaliste est
développée d'une façon implacablement réaliste et implacablement logique. C'est là, chez Calvino, le premier charme,
un charme du développement : on peut le dire au sens
mathématique, au sens logique du mot — comme une
équation qui se développe bien et infiniment, avec beaucoup
d'élégance — mais aussi, d'une façon plus inattendue et
plus triviale, au sens cycliste, comme on parle du développement d'une bicyclette : il y a un régime de la roue, un
régime de la marche, et qui est extrêmement apaisant, au
bon sens du terme.*

*Le second charme que je trouve chez Calvino, c'est qu'en
réalité, il est un penseur ou un praticien du récit — ce qui,
finalement, n'est pas tellement fréquent aujourd'hui. Et il
apporte là une sorte de subtilité extraordinaire. Ses récits, la
façon dont il les construit, dont il les développe, serait assez
proche de la structure de la joute, du combat-jeu, de la
stratégie. D'ailleurs, cela présenterait une certaine affinité
avec son goût pour le Moyen Age. Au fond, ce qu'il
présente, ce sont des tournois extrêmement compliqués,
certainement beaucoup moins simples que ceux qui avaient
lieu réellement à l'époque. Il y a chez lui une espèce de
développement et d'éblouissement de la stratégie, une sorte
de combinatoire illimitée des possibilités, des opérations,
des manipulations qui fait que je verrais assez volontiers
dans son œuvre, en tant qu'œuvre narrative, la force d'un
certain machiavélisme. Et, bien que le contenu de ses livres
ne soit pas directement politique, cela me fait penser à une
espèce de récit politique, de politique-forme. Je ne sais pas*

*très bien comment l'expliquer. Le récit est conduit en une sorte d'étoilement. Il y a des assauts multiples, des entrées multiples. Et tous ces assauts, je dirais qu'ils ne sont pas ordonnés au sens où un récit traditionnel est construit. (Où, par la narratologie, on commence aujourd'hui à deviner comment un récit traditionnel peut être construit.) Chez lui, cela va beaucoup plus loin. Ce n'est pas un récit ordonné, mais — pour jouer sur les mots — coordonné : un récit qui substitue cette notion de coordination à celle d'ordre. Il construit des réseaux à entrées multiples. C'est cela qu'il y a de très beau. Et qui fait aussi que l'on pourrait rapprocher son œuvre d'une certaine veine picaresque dans la mesure où le picaresque, c'est précisément l'histoire qui raconte une histoire qui raconte une autre histoire ; des histoires en tiroirs, en quelque sorte. Le second charme que je trouve à cette œuvre, c'est donc cela : le caractère réticulé de la logique narrative.*

*Il y a un autre charme et très proche des précédents, dont on pourrait dire que c'est le charme tout simplement. Le lecteur prend du plaisir pour des raisons simples : ce paradoxe continu qui fait qu'il y a toujours une situation irréaliste ou formelle, le vide d'une armure ou le chapelet des prénoms, ceux des villes par exemple, mais que, sur cette donnée irréaliste, se développe une sorte de réalisme ou de feinte réaliste du décor, de la peinture, du concret. Et c'est cela que je trouve extrêmement savoureux chez lui, cela, d'ailleurs, qui peut faire penser, justement, aux grands narrateurs fantastiques : une situation irréaliste au départ est absolument transcendée et combattue perpétuellement par un réalisme du cheminement.*

*Et puis il y a une chose qu'il faut encore dire, mais elle est plus difficile à dire parce que l'on n'a là que des mots un peu anciens et qu'on hésite toujours à employer — mais pourquoi pas ? —, c'est que, dans l'art de Calvino et dans ce qui transparaît de l'homme en ce qu'il écrit, il y a — employons le mot ancien : c'est un mot du dix-huitième siècle — une sensibilité. On pourrait dire aussi une humanité, je dirais presque une bonté, si le mot n'était pas trop lourd à porter : c'est-à-dire qu'il y a, à tout instant, dans les notations, une ironie qui n'est jamais blessante, jamais agressive, une distance, un sourire, une sympathie. Une sorte de charme tendre, de charme élégant. La sensibilité réunie avec une sorte de vide. Je pense, par exemple, au début du* Chevalier inexistant, *où une sensibilité merveilleuse s'exprime encore plus si l'on pense que c'est un homme vide, un vide qui parle. Page merveilleuse puisque, à partir d'un sujet vide, matériellement vide, elle décrit la complexité des rapports humains, la façon dont le sujet souffre de son image au milieu des autres, avec un raffinement extraordinaire. Il y a là des raffinements de sentiment qui ne seraient pas étrangers à l'univers proustien. C'est un petit drame de la mondanité, de l'homme au milieu des autres, qui se joue au détour d'un conte fantastique. Le vide alors n'est pas seulement une espèce d'artifice rhétorique. Il a une fonction stratégique qui est extrêmement nouvelle et très passionnante, et qui, en plus, est en résonance parfaite avec quantité de choses qui se sentent, se disent et se pensent actuellement. En réalité, le texte pose par là une sorte de circularité dans laquelle on ne sait jamais où est véritablement la causalité psychologique. Et de fait, il n'y a plus de causalité psychologique, il y a une espèce de miroir infini des accidents psychiques, — des vertus.*

Roland Barthes
*Entretien à France-Culture, 1978*

## I

Sous les murs rouges de Paris, s'était déployée l'armée de France : Charlemagne devait passer les paladins en revue. Ils attendaient depuis trois grandes heures, dans la touffeur d'un après-midi de début d'été, un peu couvert, nuageux ; on mitonnait dans les cuirasses, comme dans des marmites mises à cuire à feu doux. Peut-être bien que, dans cet alignement imperturbable de chevaliers, quelqu'un déjà s'était évanoui, ou simplement assoupi : de toute façon, l'armure les maintenait bien cambrés sur leur selle, tous pareils. Et soudain, trois sonneries de trompette ; dans l'air immobile, les plumails des cimiers tressaillirent comme au passage d'un vent coulis. D'un coup s'éteignit cette sorte de rumeur marine qu'on avait perçue jusque-là : ce n'était, bien sûr, que le ronflement des guerriers, assourdi par l'embouchure métallique des heaumes. Enfin ! là-bas au fond, c'était lui, Charlemagne ! Il s'avançait sur un cheval qui semblait plus grand que nature, sa barbe étalée sur sa poitrine, ses mains posées sur le pommeau de la selle. Régner et guerroyer, guerroyer et régner, pas de trêve, pas de repos : il avait quelque peu vieilli, depuis la dernière fois où ses soldats l'avaient vu.

Devant chaque officier, il arrêtait son cheval et se tournait pour examiner l'homme des pieds à la tête.

— Or çà, qui êtes-vous, paladin de France ?

— Salomon de Bretagne, Sire ! » répondait l'autre à pleine voix, et la visière du heaume se relevait sur une figure congestionnée. Suivaient des indications pratiques,

du genre : « Cinq mille cavaliers, trois mille cinq cents
fantassins, mille huit cents hommes pour les services, cinq
années de campagne.

— Hardi les Bretons, paladin ! » approuvait Charles,
puis toc-toc, toc-toc, il poussait jusqu'au prochain chef
d'escadron.

Là, même jeu :

— Or çà, qui êtes-vous, paladin de France ?

— Olivier de Vienne, Sire ! » articulaient les lèvres,
aussitôt soulevé le mézail du heaume. Et cette fois :
« Trois mille cavaliers d'élite, sept mille hommes de
troupe, vingt machines de siège. Vainqueur du païen
Fiérabras, par la grâce de Dieu, et pour la gloire de
Charles, roi des Francs !

— Bien travaillé, bravo le Viennois », commentait
Charlemagne ; puis, aux officiers qui l'escortaient : « Un
peu maigrichons, ces chevaux, faites doubler le picotin.

Et en avant : « Or çà, qui êtes-vous, paladin de
France ? » Toujours les mêmes mots, la même cadence :
Tatàratatatà-ratatà-tatà...

— Bernard de Montpellier, Majesté ! Vainqueur de
Nègremont et de Galiferne.

— Ah ! Montpellier ! Belle cité ! Cité des belles femmes ! » et, aux gens de sa suite : « Voyez un peu sa
promotion.

Des choses pareilles, dans la bouche de l'empereur, ça
fait plaisir ; mais voilà, depuis des années, c'était toujours
la même ritournelle.

— Or çà, qui êtes-vous ? Votre blason m'est familier.

Il reconnaissait tous ses gens, aux armes que portait
leur écu, sans nul besoin qu'ils se présentent ; seulement,
l'usage voulait qu'ils découvrissent eux-mêmes leur nom
et leur visage. Sans quoi, certains auraient bien pu,
estimant avoir mieux à faire que d'assister à la revue,
envoyer leur armure parader là, avec un autre à l'intérieur.

— Alard de Dordogne, de la maison du duc Aymon...

— Il a fière mine, notre Alard, et le papa, qu'est-ce qu'il raconte ?

Et ainsi de suite. Tatà-ratatatà-ratatà-tatà...

— Jaufré de Montjoie ! Huit mille cavaliers, sans compter les morts !

Les plumails ondoyaient.

— Ogier le Danois ! Naimes de Bavière ! Palmeret d'Angleterre !

Venait le soir. Entre la ventaille et la mentonnière, on ne distinguait plus très bien les visages. Chaque mot, chaque geste étaient désormais prévisibles, comme aussi tous les épisodes de cette guerre qui durait depuis tant d'années : chaque bataille, chaque duel, réglés par un cérémonial immuable ; on savait déjà aujourd'hui qui demain serait le vainqueur, qui le vaincu, qui se montrerait valeureux ou lâche, qui se ferait étriper, et qui s'en tirerait avec un désarçonnement suivi d'une culbute. Dans les forges, le soir, à la lueur des torches, les marteaux redressaient toujours les mêmes bosselures des cuirasses.

— Et vous ?

Le roi s'était arrêté devant un chevalier à l'armure toute blanche ; seul un petit liséré noir courait, courait sur les bords ; à ceci près, immaculée, impeccable, sans la moindre éraflure, le moindre défaut dans les joints, et surmontée, à la cime du casque, d'un panache hérité d'on ne sait quelle race de volatile du Levant, diapré de toutes les couleurs de l'arc-en-ciel. L'écu était armorié d'un blason entre les pans drapés d'un grand manteau ; au centre du blason, deux autres pans de manteau s'ouvraient sur un petit blason, qui portait à son tour un troisième blason drapé, plus minuscule encore. D'un tracé toujours plus délié, on avait figuré tout un trompe-l'œil de draperies qui s'écartaient les unes sur les autres, et, tout au fond, il devait y avoir encore quelque chose, mais on n'arrivait plus à distinguer, tant le dessin se faisait menu.

— Et vous, là, si soigneux de votre mise... », lança Charlemagne : à mesure que la guerre se prolongeait, il trouvait de moins en moins souvent chez ses paladins pareil souci de toilette.

— Je suis », la voix montait, métallique, du fond du heaume bien bouclé, comme si, au lieu du larynx, les lames d'acier elles-mêmes eussent vibré, avec un léger prolongement en écho, « Agilulfe Edme Bertrandinet des Guildivernes et autres de Carpentras et Syra, chevalier de Sélimpie Citérieure et de Fez !

— Haaa... », fit Charlemagne, et sa lèvre inférieure, arrondie en avant, émit un léger trompetis, comme pour dire : S'il fallait que je me souvienne de tous les noms, ce serait gai ! Mais aussitôt il fronça le sourcil : « Et pourquoi ne relevez-vous pas la visière, qu'on voie votre visage ?

Le chevalier ne bougea point ; sa dextre, prise dans le gantelet de fer bien ajusté, serra plus fort le troussequin de la selle, tandis que l'autre bras, qui portait l'écu, parut agité d'un frisson.

— Hé ! paladin, c'est à vous que je parle ! insista Charlemagne. Pourquoi diantre ne montrez-vous pas votre visage au roi ?

La voix sortit, nette, de la ventaille du heaume.

— C'est que je n'existe pas, Majesté.

— Eh bien ! vrai ! s'écria l'empereur. Voici que nous avons en renfort un chevalier inexistant ! Faites voir un peu.

Agilulfe parut hésiter un instant ; puis, d'une main sûre, mais lente, il releva sa visière. Le heaume était vide. Dans l'armure blanche au beau plumail iridescent, personne.

— Tiens, tiens ! On en voit des choses ! fit Charlemagne. Et comment vous acquittez-vous de vos charges, vu que vous n'y êtes pas ?

— A force de volonté, Sire, dit Agilulfe, et de foi en la sainteté de notre cause !

— Eh ! Eh ! voilà qui est bien dit, c'est justement ainsi que l'on fait son devoir. Ma parole, pour quelqu'un qui n'existe pas, je vous trouve gaillard !

Agilulfe était en serre-file. L'empereur avait à présent passé tout le monde en revue ; il fit faire une volte à sa monture, et s'éloigna vers le pavillon royal. Il n'était plus jeune ; et il préférait écarter les questions par trop ardues.

La trompette sonna le « rompez-les-rangs ». On vit, comme à l'ordinaire, les chevaux remuer en désordre, et la grande forêt des lances s'incliner, ondoyer ainsi qu'un champ de blé où passe le vent. Les chevaliers glissaient de leur selle, faisaient quelques pas pour se dégourdir les jambes, les écuyers entraînaient les coursiers par la bride. Quand les paladins émergèrent de la cohue et du grand nuage de poussière, ils étaient réunis en petits groupes sous l'ombrage mouvant des panaches multicolores ; ils prenaient leur revanche de ces longues heures d'immobillité forcée à coups de farces et de bravades, d'histoires de femmes et de querelles de préséance.

Agilulfe s'avança un peu pour se joindre à un de ces rassemblements, puis, sans qu'on sût pourquoi, s'approcha d'un autre cercle, mais sans tenter de s'y mêler, et personne ne lui prêta attention. Il resta un moment indécis, arrêté derrière l'un ou l'autre, sans intervenir dans la discussion ; à la fin, il s'éloigna. C'était le crépuscule ; à la cime du casque, les plumes irisées semblaient toutes de la même couleur indistincte ; seule la blanche armure se détachait, bien nette, là, sur le pré.

Agilulfe, comme s'il se fût senti nu tout d'un coup, eut le geste de croiser les bras et de rentrer les épaules.

Puis il se ressaisit et, à grandes enjambées, marcha en direction des écuries. Arrivé là, il jugea que le pansage des chevaux n'était point exécuté dans les règles, tança les écuyers, infligea des punitions aux palefreniers, inspecta les divers postes de travail, répartit les corvées en expliquant point par point à chacun comment il devait accomplir sa tâche, se faisant répéter ce qu'il venait de dire pour s'assurer qu'on l'avait bien compris. Et comme il ne s'écoulait pas une heure qu'on ne découvrît quelque négligence commise dans leur service par ses collègues officiers, les paladins, il les faisait venir l'un après l'autre, les arrachant à la détente des soirées passées en agréables causeries, relevait, d'un ton courtois mais avec minutie, leurs manquements, et vous les dépêchait, l'un au guet, l'autre à l'inspection des factionnaires, un autre encore avec la patrouille ; et ainsi de suite. Il avait raison à tous coups, et les paladins ne pouvaient protester ; mais ils ne dissimulaient pas leur mauvaise humeur.

Agilulfe Edme Bertrandinet des Guildivernes et autres de Carpentras et Syra était, sans conteste, un soldat modèle ; mais tous le trouvaient antipathique.

## II

Les armées au bivouac ont des nuits réglées comme le cours des astres : les tours de faction, l'officier de garde, les rondes des sentinelles. Le reste, l'agitation incessante des troupes en guerre, le remue-ménage journalier d'où l'imprévu risque à chaque instant de surgir comme un cheval qui brusquement regimbe, tout cela fait trêve, à présent que le sommeil accable, sans exception, guerriers et quadrupèdes de la Chrétienté ; ceux-ci debout, en ligne, raclant de temps en temps le sol de la pointe de leur sabot, lançant à l'occasion un braiement ou un hennissement ; ceux-là délivrés enfin de leur heaume et de leur cuirasse, bien aises d'avoir retrouvé leur réalité d'êtres humains divers et irremplaçables : les voilà tous, déjà, qui ronflent.

En face, dans le camp des Infidèles, c'est le même spectacle : les guetteurs qui font les cent pas, le chef de poste qui regarde couler dans la clepsydre les ultimes grains de sable et s'en va réveiller les hommes du quart suivant, l'officier qui profite de cette nuit blanche pour écrire à son épouse. Et les patrouilles, la chrétienne et la sarrasine, s'avancent chacune de cinq cents pas, poussent jusqu'aux abords d'un petit bois, sans jamais se rencontrer, font demi-tour ; rentrées au campement, elles rapportent que tout est calme, et puis se vont coucher. La lune et les étoiles glissent, silencieuses, sur les deux camps ennemis. Nulle part on ne dort aussi bien qu'à l'armée.

Seul de tous, Agilulfe était privé de ce soulagement. Dans son armure blanche bardée de toutes pièces, sous sa

tente, une des mieux rangées et des plus confortables du
camp chrétien, il essayait de demeurer étendu, et il
songeait : non pas cette songerie paresseuse et flottante
de celui que le sommeil gagne, mais des raisonnements
toujours précis et rigoureux. Au bout d'un moment, il se
dressait sur un coude, pris du besoin de vaquer à quelque
occupation manuelle : astiquer son épée, pourtant resplendissante, frotter de graisse les joints de son armure...
Cela ne durait guère : le voilà qui déjà se mettait debout,
sortait de la tente, serrant sa lance et son écu, et ce blanc
fantôme errait à travers le cantonnement. Du fond des
tentes coniques, montait comme un sourd concert de
souffles d'hommes endormis. Ce que pouvait être le
bonheur de fermer les yeux, de perdre tout sentiment de
soi-même, de s'abîmer dans le gouffre de sa propre durée,
et puis, au réveil, de se retrouver tel qu'avant, prêt à
tisser de nouveau les fils de son existence, cela, Agilulfe
était incapable de le concevoir ; l'envie qu'il éprouvait
devant cette faculté de dormir accordée aux personnes
existantes, restait un sentiment confus, l'envie de quelque
chose dont on n'a pas la moindre notion. Ce qui le
frappait surtout, et l'emplissait de malaise, c'était le
spectacle des pieds nus qui dépassaient, ici et là, du bord
des tentes, le gros orteil dressé : le camp plongé dans le
sommeil était le règne des corps, un immense étalage de
vieille chair d'Adam, qui sentait fort la boisson et la sueur
d'une journée de bataille. A l'entrée des pavillons, les
armures démontées gisaient, vides, en attendant qu'au
petit jour écuyers et valets d'armes viennent les fourbir et
les apprêter. Agilulfe passait, attentif, nerveux, mépri-
sant : le corps de tous ces gens qui avaient un corps lui
inspirait, bien sûr, un trouble qui ressemblait à de l'envie,
mais aussi une crispation d'orgueil et de hautaine fierté.
C'étaient là ces barons fameux, ces compagnons si
renommés ? L'armure, signe de leur grade, de leurs titres,
de leurs hauts faits, de leur force et de leur vaillance, la

voilà : réduite à une coquille, un monceau de ferraille vide ; et, à côté, ces corps qui ronflaient, la figure enfouie dans l'oreiller, un filet de bave au coin des lèvres entrouvertes. Mais lui, non, jamais on ne pourrait le mettre en pièces, le défaire : à toute heure du jour et de la nuit, il était et restait Agilulfe Edme Bertrandinet des Guildivernes et autres de Carpentras et Syra, fait tel jour chevalier de Sélimpie Citérieure et de Fez, auteur, pour la gloire des armes chrétiennes, de telle et telle prouesse, et responsable, dans l'armée de l'empereur Charlemagne, du commandement de telle et telle unité. En outre, détenteur de la plus belle et blanche armure de tout le camp, que jamais il ne quittait. Et supérieur, comme officier, à tant d'autres qui faisaient sonner haut leurs grands mérites ; sans mentir, le meilleur de tous. C'était bien lui, pourtant, qui marchait dans la nuit comme une âme en peine.

Il entendit qu'on l'appelait :

— M'sieur l'officier, mille pardons, quand est-ce qu'on me relève ? Ça fait plus de trois heures que je reste ici planté !

Le factionnaire se tenait cramponné à sa lance comme s'il était pris de colique.

Agilulfe ne se retourna même pas ; il dit :

— Tu te trompes, je ne suis pas l'officier de garde.

Et il passa son chemin.

— Faites excuse, m'sieur l'officier. A vous voir circuler par ici, je m'étais figuré...

Le moindre laisser-aller dans l'accomplissement du service donnait à Agilulfe une envie furieuse de tout contrôler, de surprendre négligences ou bévues dans le travail du voisin. Il ressentait une irritation douloureuse devant tout ce qui a été fait de travers, mal à propos... Cependant il n'entrait pas dans ses attributions de mener une enquête de ce genre à pareille heure ; l'eût-il fait, c'est son comportement à lui qui eût bien pu paraître hors

de propos, voire contraire à la discipline. Agilulfe tâchait
donc de se dominer, de restreindre son indiscrétion à des
points de détail dont il aurait, de toute manière, à
s'occuper le jour suivant : par exemple le rangement de
certains râteliers où l'on déposait les lances, ou le
dispositif destiné à tenir le foin bien au sec... Mais voilà,
son blanc fantôme surgissait immanquablement sous le
nez du chef de poste, de l'officier de garde, des soldats de
la patrouille explorant le cellier, en quête de quelque
petite dame-jeanne de vin restée de la veille... Chaque
fois, Agilulfe s'arrêtait, perplexe. Devait-il se comporter
en homme qui peut, par sa simple présence, imposer le
respect de la discipline, ou bien plutôt comme celui qui,
venant à se trouver là où il n'a rien à faire, recule d'un pas
discrètement et prend un air absent ? En proie à cette
irrésolution, il restait pensif, sans réussir à suivre aucun
des deux partis ; simplement, il voyait qu'il importunait
tout le monde, et il aurait voulu faire quelque chose pour
établir avec son prochain un quelconque rapport. Mais
quoi ? Se mettre à crier des ordres, des injures dignes d'un
caporal ? Ou bien ricaner, et lâcher quelque mot bien cru
comme à une tablée d'auberge ? Non : il murmurait un
vague bonsoir difficilement compréhensible, avec une
timidité masquée par l'orgueil, ou un orgueil modéré par
la timidité, et s'éloignait ; au dernier moment, il lui
semblait qu'on lui avait adressé la parole, alors il se
tournait un peu, en disant : « Hein ? », puis aussitôt,
comprenant que ce n'était pas à lui qu'ils parlaient, il se
sauvait, comme un voleur.

Il marchait à la lisière du camp, en des lieux déserts, au
flanc d'un tertre dénudé. La nuit était tranquille, parcou-
rue seulement par le vol soyeux de petites ombres
difformes, aux ailes silencieuses, qui bougeaient çà et là,
changeant de direction à tout instant : des chauves-souris.
Même ce pauvre bout de corps indécis, moitié rat, moitié
oiseau, constituait finalement quelque chose de tangible

et de sûr, grâce à quoi on pouvait tournoyer dans l'air, le
bec ouvert, et gober les moucherons ; tandis que lui,
Agilulfe, avec tout son harnois de fer, il sentait, à chaque
jointure, les rafales de vent le traverser, et jusqu'au vol
des moustiques et aux rayons de lune. Le ressentiment
vague qui l'avait envahi peu à peu se donna soudain libre
cours : il tira son épée du fourreau, la brandit à deux
mains, et se mit à l'abattre de toute sa force sur les
chauves-souris qui passaient à sa portée. Peine perdue :
elles s'obstinaient à voler à leur guise, sans but ni raison ;
à peine si le déplacement d'air les secouait. Agilulfe
brassait l'air de son épée ; maintenant, il ne cherchait
même plus à atteindre les chauves-souris ; ses coups de
taille suivaient des trajectoires plus régulières, conformes
aux canons des joutes d'escrime à l'espadon ; tiens, voilà
qu'il s'était mis à faire l'exercice. Comme s'il se fût
entraîné en vue de la bataille prochaine, il repassait toute
la théorie des revers, feintes et parades.

Brusquement, il s'arrêta. Surgi de derrière une haie, là,
au sommet du tertre, un jeune homme l'observait. Il avait
la poitrine couverte d'une mince cotte ; pour tout arme-
ment, une épée.

— Oh, chevalier ! s'écria-t-il, navré de vous interrom-
pre ! C'est pour la bataille que vous vous entraînez ? Parce
que, dès l'aube, on va livrer bataille, n'est-ce pas ?
Accordez-moi de faire avec vous deux ou trois exercices. » Et après un silence : « Je suis arrivé au camp hier...
Ce sera mon premier combat... Et tout ressemble si peu à
ce que j'avais imaginé...

Agilulfe était dressé, de côté, son épée serrée contre sa
poitrine, bras croisés, retranché à l'abri de son écu.

— Les dispositions en vue d'un éventuel engagement
sont arrêtées par l'Etat-Major, et communiquées à mes-

sieurs les officiers et aux hommes de troupe une heure
avant le début des opérations.

Le jeune homme laissa paraître son dépit, à voir qu'on
freinait ainsi sa belle ardeur ; pourtant, dominant un léger
bégaiement, il reprit du même ton enflammé :

— C'est que moi, eh bien voilà, je viens juste de
rejoindre l'armée ; pour venger la mort de mon père... Et
je voudrais que vous, les anciens, vous me disiez, s'il vous
plaît, comment je dois m'y prendre, pendant la bataille,
pour me trouver en face de ce chien galeux, ce païen
d'émir Izoard, oui, lui-même, je veux lui enfoncer ma
lance dans les côtes, comme il a fait à mon valeureux
père, que Dieu l'ait toujours en Sa gloire, le regretté
marquis Gérard de Roussillon !

— Rien de plus facile, jeune homme », dit Agilulfe.
On sentait à présent dans sa voix une certaine véhé-
mence, propre à l'homme qui, n'ignorant rien des statuts
et des protocoles, se complaît à étaler son érudition et à
confondre du même coup l'incompétence de l'interlocuteur : « Il faut que tu adresses une requête à la Surintendance des Duels, Vengeances et Atteintes à l'Honneur,
en spécifiant les motifs de ta démarche ; l'autorité exami-
nera quelle est la façon meilleure de te mettre en mesure
d'obtenir la réparation sollicitée.

Le garçon qui, en nommant son père, s'attendait tout
de même à quelque marque de surprise déférente, fut
choqué d'abord par le ton, plus encore que par le contenu
de cette déclaration. Ensuite, il essaya de réfléchir à ce
que ce paladin lui avait dit, mais pour n'en tenir aucun
compte et garder son enthousiasme intact.

— Mais, chevalier, ce ne sont pas les surintendances
qui me tracassent, vous comprenez, c'est que je me
demande si, en pleine bataille, ce courage que je sens en
moi, cette fureur qui me permettrait d'en étriper non pas
un, mais une centaine, de ces mécréants, sans parler de
mon habileté, parce que je suis bien entraîné, vous

savez... oui, je me demande si là, dans toute cette mêlée, avant que j'aie pu m'orienter un peu, comment dire... Si je n'arrive pas à mettre la main sur ce chien d'infidèle, ou s'il m'échappe, je voudrais savoir ce que vous faites dans ces cas-là, vous, chevalier, lorsque dans le combat vous avez à régler une affaire personnelle, une affaire capitale pour vous et pour vous seul...

Agilulfe répondit, péremptoire :

— J'observe en tous points le règlement. Fais de même, tu t'en trouveras bien.

— Pardonnez-moi », fit le garçon, et il restait là, comme une statue. « Je ne voulais pas vous importuner. J'aurais bien aimé faire quelques exercices à l'épée avec vous, un paladin ! Vous savez, je suis fort en escrime ; mais parfois, le matin de bonne heure, je sens mes muscles comme engourdis, rouillés, ils ne fonctionnent pas comme je voudrais. A vous aussi, cela arrive ?

— Moi ? Jamais, coupa Agilulfe.

Déjà il lui avait tourné le dos et s'éloignait.

Le jeune homme marcha vers le cantonnement. C'était l'heure indécise qui précède l'aube. Mais on remarquait, entre les tentes, un peu de mouvement. La diane allait bientôt sonner, les états-majors s'affairaient. Près des quartiers du haut commandement et des chefs de corps, s'allumaient les torches, dont la flamme contrastait avec la clarté pâle filtrée du ciel. Ce jour qui commençait, serait-il vraiment celui de la bataille, comme le bruit en courait depuis la veille ? Le nouvel arrivant était en proie à la plus vive agitation, une agitation différente, pourtant, de celle qu'il avait pressentie, de celle aussi qui l'avait emporté jusque-là : à vrai dire, c'était plutôt une impatience de sentir sous ses pieds la terre ferme, car tout ce qu'il touchait lui semblait à présent sonner creux.

Il croisait des paladins déjà bouclés dans leurs cuirasses miroitantes, dans leurs heaumes sphériques empanachés, la visière rabattue sur leur visage. Le garçon se tournait pour les observer ; une envie le prenait d'imiter leur démarche : ils avaient une si fière façon de rouler les hanches, d'un mouvement qui faisait pivoter cuirasse, casque et épaulières, comme si tout cela était d'un seul tenant. Le voilà parmi ces invincibles paladins, prêt à rivaliser avec eux dans les combats, armes à la main, à devenir leur pair ! Mais les deux qu'il était en train de suivre, au lieu de monter à cheval, vinrent s'installer derrière une grande table encombrée de cartes : c'étaient sans doute deux chefs très importants. Le jeune homme courut se faire connaître :

— Je suis Raimbaut de Roussillon, bachelier, fils du regretté marquis Gérard ! Je suis venu m'enrôler pour venger mon père, mort en héros sous les remparts de Séville !

Les deux hommes portent leurs mains à leur heaume emplumé, le soulèvent en détachant le bas de la visière du gorgerin, le posent sur da table. Et sous le casque surgissent deux crânes chauves, parcheminés, deux visages à la peau un peu flasque, gonflés de poches, deux paires de moustaches clairsemées : de vraies têtes de copistes, de ronds-de-cuir barbouilleurs de papier.

— Voyons, Roussillon, Roussillon », font-ils, en tournant les pages d'un grand registre, de leurs doigts humectés de salive. « Mais nous t'avons déjà immatriculé hier ! Qu'est-ce que tu veux ? Pourquoi n'es-tu pas dans ta compagnie ?

— Rien... Je ne sais pas... C'est que, cette nuit, je n'ai pas réussi à fermer l'œil ; je ne pensais qu'à la bataille ; je dois venger la mort de mon père, je dois tuer l'émir Izoard, et, pour ça, il faut que j'aille... Ah, j'y suis : la Surintendance des Duels, Vengeances et Atteintes à l'Honneur, où donc se trouve-t-elle ?

— A peine débarqué, voyez-vous ça, ce gamin, ce qu'il vient nous sortir ! Et que peux-tu bien connaître à la Surintendance ?

— Un chevalier m'en a parlé, ah ! comment s'appelle-t-il, un qui a une armure toute blanche...

— Zut ! Il ne manquait plus que lui ! Naturellement, avec sa manie de fourrer partout le nez qu'il n'a pas !

— Que dites-vous ? Il n'a pas de nez ?

Le second des deux hommes assis derrière la table renchérit :

— Vu qu'il n'y a pas de danger qu'il attrape la rogne, il ne trouve rien de mieux à faire que de gratter celle des autres.

— Pourquoi n'attraperait-il pas la rogne ?

— Et à quel endroit veux-tu qu'il l'attrape, puisqu'il n'a pas d'endroit ? Monsieur est un chevalier qui n'y est pas...

— Comment, qui n'y est pas ? Je l'ai vu, moi ! Il y était !

— Qu'est-ce que tu as vu ? De la ferraille... C'est quelqu'un qui est sans y être, comprends-tu, blanc-bec ?

Jamais le jeune Raimbaut n'aurait imaginé que l'apparence pût se révéler à ce point mensongère : depuis qu'il avait rejoint le camp, il découvrait que rien n'était comme on aurait pu croire...

— Alors, dans l'armée de Charlemagne, on peut être chevalier, couvert de titres et de gloire, et de plus guerrier valeureux, officier irréprochable, sans avoir besoin d'exister !

— Doucement ! Personne n'a dit : dans l'armée de Charlemagne, on peut, et cætera... Nous disons simplement ceci : dans notre régiment, il y a un chevalier comme ça et comme ça. Un point c'est tout. Quant à ce qu'il peut y avoir, ou ne pas y avoir, en règle générale, nous, on veut pas le savoir. Compris ?

Raimbaut se dirigea vers le quartier de la Surintendance des Duels, Vengeances et Atteintes à l'Honneur.
Désormais, il ne se laisserait pas impressionner par les
cuirasses et les heaumes empanachés ; il savait que,
derrière ces bureaux, les armures abritaient de petits
bonshommes rabougris et poussiéreux. Et encore, Dieu
merci, quand il y avait quelqu'un dedans !

— Ainsi, tu désires venger ton père, marquis de
Roussillon, officier général ! Voyons donc. Pour venger
un général, la procédure la plus simple est encore
d'expédier trois majors. Nous pouvons t'en réserver trois,
pas trop difficiles, tu es tiré d'affaire.

— Je me suis mal expliqué : c'est Izoard, l'émir, que je
dois tuer. C'est lui qui, de sa main, a abattu le glorieux
auteur de mes jours !

— Mais oui, mais oui, nous avons très bien compris ;
seulement, bousiller un émir, tu ne penses tout de même
pas que ce soit chose facile... Veux-tu quatre capitaines ?
Nous pouvons te garantir quatre capitaines infidèles dans
la matinée. Note que quatre capitaines, c'est ce qu'on
donne pour un général d'armée : ton père n'était que
général de brigade.

— Je chercherai Izoard, et je l'étriperai ! Lui, et
personne d'autre !

— Toi, tu finiras au cachot, sois tranquille, pas sur le
champ de bataille ! Enfin, réfléchis un peu avant de
parler ! Si on te fait des difficultés pour Izoard, il y a peut-
être un motif... Si, par exemple, notre empereur, en ce
moment, avait avec ton Izoard quelque tractation en
cours...

Soudain, un des bureaucrates qui jusqu'alors n'avait
pas levé le nez de ses dossiers, se dressa, jubilant :

— Pas de problème ! Pas de problème ! Inutile de
donner suite ! Et vous, laissez là votre vengeance, elle est

sans objet ! Olivier, l'autre jour, croyant ses deux oncles tués dans la bataille, a vengé leur mort ! En réalité, ils étaient restés sous une table à cuver leur vin ! Si bien que nous nous retrouvions avec ces deux vengeances excédentaires, un joli casse-tête ! A présent, tout s'arrange : selon nos barèmes, une vengeance d'oncle égale la moitié d'une vengeance de père. Donc, c'est comme si nous avions là une vengeance de père en blanc, déjà tirée.

— Ah ! malheureux marquis !

Raimbaut se sentait enrager.

— Mais qu'est-ce qu'il te prend ?

La diane était sonnée. Le campement, dans la jeune lumière, grouillait d'hommes en armes. Raimbaut eût aimé se joindre à cette foule qui peu à peu s'ordonnait, se formait en escadrons et compagnies, mais tout ce bruit de métal entrechoqué retentissait aux oreilles du jeune homme comme un vrombissement d'élytres d'insectes, un crépitement de carapaces sèches. Beaucoup de guerriers étaient couverts du casque et de la cuirasse qui descendait jusqu'à la ceinture ; mais, en dessous des braconnières et des tassettes, il voyait apparaître les jambes vêtues de braies et de chausses : cuissards, genouillères et grèves, on attendait pour les mettre d'être déjà en selle. Sous ces torses d'acier, les jambes semblaient minces, minces, on aurait dit des pattes de grillon ; et la façon qu'ils avaient, en parlant, de bouger leurs têtes sphériques et sans regard, de tenir repliés leurs bras chargés de cubitières et de gantelets, cela aussi faisait songer à des grillons, ou bien à des fourmis. Ainsi, toutes leurs allées et venues prenaient l'aspect d'un piétinement d'insectes. Les regards de Raimbaut parcoururent cette cohue, en quête de quelque chose : ce qu'il espérait y découvrir, c'était la blanche armure d'Agilulfe. Peut-être cette apparition

donnerait-elle une réalité plus concrète à tout le reste de
l'armée ; peut-être aussi que la présence la plus ferme
qu'il eût rencontrée jusque-là c'était, ma foi, celle de ce
chevalier inexistant.

Il l'aperçut, assis par terre, au pied d'un pin, occupé à
disposer les petites pignes tombées sur le sol selon un
dessin géométrique : un triangle rectangle. A cette heure
du petit jour, Agilulfe éprouvait régulièrement le besoin
de s'appliquer à quelque travail de précision : dénombrer
des objets, les ordonner suivant des figures régulières,
résoudre des problèmes d'arithmétique. C'est l'heure où
les choses perdent cette épaisseur d'ombre qui les a
revêtues tout au long de la nuit, et peu à peu retrouvent
leurs couleurs ; mais avant, il leur faut traverser une sorte
de limbe douteux, à peine effleurées par la lumière et
comme entourées d'un halo : l'heure où l'on est le moins
sûr que le monde existe. Agilulfe, lui, avait besoin,
toujours, de sentir devant soi les choses comme une
épaisse muraille, contre laquelle il pût dresser la tension
de toute sa volonté : c'était le seul moyen qu'il eût de
garder une ferme conscience de soi-même. Si, au
contraire, le monde autour de lui s'estompait, devenait
flou, ambigu, alors lui aussi se sentait sombrer dans cette
pénombre doucereuse ; dans tout ce vide, il n'arrivait plus
à faire jaillir une pensée distincte, un mouvement de
volonté, une idée fixe. Il se sentait mal : c'étaient là des
instants où il était près de s'évanouir. Parfois, ce n'était
qu'au prix d'un effort extrême qu'il parvenait à ne pas
disparaître. Alors, il se mettait à compter : il comptait les
feuilles, les cailloux, les pommes de pin, ce qui lui tombait
sous la main. Ou bien il les alignait, les disposait en
carrés, en pyramides. Absorbé par ces opérations méticu-
leuses, il finissait par vaincre le malaise, dominer l'insatisfaction, l'inquiétude et la prostration, retrouver sa luci-
dité et son assurance coutumières.

Il en était là quand Raimbaut l'aperçut : avec des gestes

médités et rapides, il disposait les pommes de pin en triangle, puis formait des carrés sur chacun des trois côtés, en additionnait obstinément les pignes des carrés formés sur les deux côtés de l'angle droit, comparant avec celles du carré de l'hypoténuse. Ici, Raimbaut ne le voyait que trop, tout marchait à coups de chartes, de conventions et de protocoles ; et, sous tous ces rites, qu'y avait-il en fin de compte ? Il se sentait saisi d'une inquiétude indéfinissable, à se découvrir ainsi en dehors de toutes les règles du jeu... Mais au fond, son entêtement à venger la mort de son père, sa hâte de venir s'enrôler parmi les soldats de Charlemagne, son impatience de combattre, est-ce que tout cela n'était pas encore une forme de cérémonial, un moyen de ne pas sombrer dans le néant ? Un peu comme le manège du chevalier Agilulfe posant et retirant ses pignes... Accablé sous le poids de ces questions inattendues, le jeune Raimbaut se laissa choir sur le sol et fondit en larmes.

Il sentit quelque chose se poser sur ses cheveux : une main, une main métallique et pourtant légère. Agilulfe était près de lui, à genoux.

— Qu'est-ce que tu as, mon garçon ? Pourquoi pleurer ?

Les mouvements de dépression, de désespoir ou de fureur chez les autres humains donnaient aussitôt à Agilulfe un calme et une maîtrise de soi absolus. A se sentir ainsi hors d'atteinte des agitations et des tourments auxquels sont vouées les personnes existantes, il était porté à prendre une attitude condescendante et protectrice.

— Pardonnez-moi, gémit Raimbaut, c'est sans doute la fatigue. Pendant toute la nuit, je n'ai pu fermer l'œil ; maintenant, je ne sais plus où j'en suis... Si je pouvais m'assoupir un peu... Mais il fait grand jour à présent. Et vous, vous avez veillé pourtant, comment faites-vous ?

— Moi, c'est si je m'assoupissais, rien qu'un instant,

que je ne saurais plus où j'en suis, dit doucement Agilulfe ; ou plutôt, je ne serais plus nulle part, je me perdrais à tout jamais. Aussi je passe bien éveillé chaque minute du jour et de la nuit.

— Cela doit vous peser...

— Non.

La voix était de nouveau sèche, rude.

— Et votre armure, vous ne l'enlevez jamais de sur vous ?

La voix redevint murmure :

— Dessus, dessous... Quitter ou mettre, pour moi ces mots n'ont pas de sens.

Raimbaut avait levé la tête et regardait à travers les fentes de la visière, comme s'il cherchait dans toute cette ombre l'étincelle d'un regard :

— Mais comment se peut-il ?

— Et comment se pourrait-il autrement ?

La main d'acier de l'armure blanche restait posée sur les cheveux du jeune homme. Raimbaut la sentait, pesant à peine sur sa tête : une chose légère, d'où n'émanaient nulle chaleur, nulle présence humaine, consolatrice ou importune. Et cependant il lui semblait qu'au toucher de cette main une espèce de tension, de persévérance opiniâtre, lentement, se propageaient en lui.

## III

Charlemagne chevauchait à la tête de l'armée des Francs. Il s'agissait d'une marche d'approche : on arriverait bien assez tôt, quel besoin de se hâter... Tout autour de l'empereur, les paladins allaient par groupes, tenant le mors serré à leurs coursiers fougueux ; et tandis qu'ils caracolaient et soulevaient les coudes, leurs écus plaqués de lames d'argent montaient et s'abaissaient comme des branchies. L'armée en marche était un poisson tout couvert d'écailles, mais long, très long ; ou alors une anguille.

Laboureurs, pâtres et bourgeois couraient sur le bord de la route.

— Lui, là, c'est Charles, c'est le roi !

Et de s'incliner jusqu'à terre. C'est à la barbe qu'ils le reconnaissaient, car la couronne ne leur disait pas grandchose. Puis aussitôt ils se redressaient pour tâcher d'identifier les barons :

— C'est Roland, celui-là !

— Je te dis que c'est Olivier !

Jamais ils ne visaient juste ; mais, après tout, quelle importance ; celui-là ou un autre, du moment qu'ils y étaient tous, on pourrait jurer ses grands dieux qu'on avait vu qui on voulait.

Agilulfe chevauchait au milieu du groupe impérial ; de temps en temps, il piquait un petit galop en avant, puis s'arrêtait pour attendre le gros de la troupe, se retournait pour s'assurer que la piétaille suivait en rangs bien compacts, ou regardait vers l'horizon afin de calculer,

d'après la hauteur du soleil, l'heure qu'il pouvait être. Il
ne tenait pas en place : lui seul, parmi tout ce monde,
avait en tête le plan de marche, les étapes, l'endroit où
parvenir avant la nuit tombée. Tandis que les autres
paladins, pensez donc ! On faisait une marche d'approche ? Aller vite ou aller doucement, c'est toujours s'ap-
procher... Et, sous prétexte que l'empereur n'était pas
jeune, qu'il fallait le ménager, à chaque taverne rencontrée, ils étaient prêts à s'arrêter pour boire un verre.
Enseignes d'auberges et croupes de servantes, voilà tout
ce qu'ils voyaient en chemin, pour dire les choses un peu
cavalièrement ; quant au reste, c'était comme si on les eût
fait voyager dans leurs cantines.

Tout compte fait, Charlemagne était celui qui se
montrait le plus curieux des spectacles variés qu'on
découvrait au passage.

— Oh ! les canards, regardez là, tous ces canards !
s'écriait-il.


Il y en avait, se dandinant au milieu des prés qui
bordaient la route, une ribambelle. Et, parmi ces canards,
se trouvait un homme ; seulement, on n'arrivait pas à voir
ce que diable il pouvait bien faire : il avançait à croupe-
tons, les mains derrière le dos, levant et posant ses pieds
bien à plat, à la façon des palmipèdes, le cou tendu, et
répétait : « Coin... Coin... Coin... » Les canards ne lui
prêtaient aucune attention, à croire qu'ils le tenaient pour
un des leurs. Au vrai, homme ou canard, on avait d'abord
du mal à trancher : car sur un sayon ocre comme la terre,
fait sans doute de bouts de sacs cousus ensemble, de
larges cernes gris verdâtre dessinaient le plumage, tandis
que des pièces de toutes les formes, des accrocs, et des
taches de toutes les teintes imaginables, rappelaient les
stries irisées des volatiles.

— Hé! toi là-bas, c'est ça, ta manière de faire la révérence à l'empereur? lancèrent les paladins, toujours prêts à chercher noise.

L'homme ne se retourna point, mais les canards, épouvantés par ces cris, prirent un grand vol froufroutant. Leur compagnon resta un peu de temps le nez levé, à les regarder s'envoler; ensuite il écarta les bras, fit un petit bond, et ainsi bondissant et battant l'air de ses bras tendus d'où pendillaient des lambeaux d'étoffe effilochée, jetant des éclats de rire et des « Coin! Coin! » pleins d'allégresse, il s'évertuait à suivre la caravane.

Un étang était là tout près. Les canards y volèrent, vinrent se poser à fleur d'eau et, légers, leurs ailes repliées, nagèrent loin du bord. Arrivé à l'étang, l'homme se précipita à plat ventre dans l'eau qui jaillit en gerbes énormes, il se mit à se trémousser avec des gestes affolés, voulut pousser un ultime « Coin! Coin! » qui s'acheva en gargouillis : il coula, reparut à la surface, tenta une brasse, puis coula derechef.

— C'est ce drôle qui garde les canards? demandèrent les soldats à une villageoise qui s'approchait, une gaule à la main.

— Non pas. Ils sont à moi, les canards, et je les garde, lui n'a rien à y voir, c'est Gourdoulou...

— Mais qu'est-ce qu'il faisait, là, au milieu de tes canards?

— Oh! rien... Ça le prend de temps en temps : il les voit, il fait pas attention, il croit que c'est lui...

— Il se prend pour un canard?

— Il se figure que c'est lui, les canards... Vous savez, Gourdoulou, on ne le changera pas, il est tellement distrait...

— Et où est-il passé, à présent?

Les paladins s'approchèrent de l'étang : pas trace de Gourdoulou. Les canards avaient traversé la nappe d'eau et de nouveau se dandinaient parmi les herbes, sur leurs

larges pattes palmées. Près de la berge montait du creux
des fougères un chœur de grenouilles. Soudain, la tête
de l'homme émergea : peut-être s'était-il brusquement
souvenu qu'il lui fallait respirer ? Il regarda alentour,
ébahi, comme s'il n'arrivait pas à comprendre ce que
pouvaient bien être ces touffes de fougères reflétées
dans l'eau, presque sous son nez. Sur chaque tige était
installée une petite bestiole toute verte, toute lisse,
qui le regardait et criait de toute sa force : « Crâ ! Crâ !
Crâ ! »

« Crâ ! Crâ ! Crâ ! » répondit Gourdoulou, triom-
phant : au bruit de sa voix, ce fut un grand chassé-croisé
de grenouilles plongeant de leurs fougères dans l'étang,
de l'étang bondissant sur la berge ; et Gourdoulou,
toujours poussant son « Crâ ! Crâ ! », bondit lui aussi, se
retrouva sur le bord, trempé, enduit de vase de la tête aux
pieds, s'aplatit à la mode des grenouilles, et lança un
« Crâ ! » si entraînant que, dans un grand froissement de
joncs et d'herbes sèches, il piqua de nouveau une tête
dans l'étang.

— Il n'a pas peur de s'y noyer ? demandèrent les
paladins à un pêcheur.

— Hé, parfois Omébé a des absences, il s'égare...
Quant à se noyer, ça non... L'ennui, c'est quand il va se
fourrer dans le filet avec les poissons... Ça lui est arrivé,
savez-vous, un jour qu'il était allé à la pêche. Il lance son
épervier, il regarde, il voit un gros poisson, là, juste sur le
point d'y entrer, et alors il se sent, comme qui dirait,
devenir poisson, et ploc ! le voilà qui fait un plongeon et
vient se prendre dans son propre filet. Vous savez comme
il est, Omébé...

— Omébé ? Il ne s'appelle pas Gourdoulou ?

— Nous, on l'appelle Omébé.

— Pourtant, la donzelle là-bas...

— Oui ? Elle n'est pas du pays, ça se peut que chez elle
on lui donne ce nom-là.

— Et lui, de quel pays est-il ?

— Ben, il est d'un peu partout...

La cavalcade défilait à présent le long d'un verger planté de poiriers. Les fruits étaient mûrs. De la pointe de leurs lances, les paladins embrochaient les poires, les faisaient disparaître dans l'ouverture du bassinet, et puis crachaient les trognons. Au beau milieu de la rangée de poiriers, qui est-ce qu'ils aperçoivent ? Gourdoulou-Omébé. Il se tenait debout, élevant en l'air des bras tordus comme des branches, et partout, dans les mains, entre les dents, sur la tête et dans les déchirures du sayon, il portait des poires.

— Regardez-le qui fait le poirier ! s'esclaffa Charlemagne.

— Attends un peu, je vais te secouer ! gronda Roland. Et il le heurta de sa lance.

Gourdoulou laissa tomber toutes ses poires, qui se mirent à rouler à travers le pré en pente ; et lui, à les voir ainsi rouler, rouler, ne put se retenir de rouler à son tour, comme une poire, tout au long des prairies, tant et si bien qu'il disparut.

— Que Votre Majesté daigne lui pardonner ! intervint un vieux jardinier. Ce brave Martinzoust, quelquefois, oublie que sa place n'est pas dans le monde des arbres fruitiers et des choses inanimées, mais parmi les dévots sujets de Votre Majesté !

— Mais enfin, qu'est-ce qu'il lui prend, à ce toqué ? s'enquit notre empereur, débonnaire. M'est avis qu'il ne le sait pas lui-même, ce qui lui trotte par la caboche !

— Et comment le saurions-nous, Majesté ?

Le vieux jardinier montrait, dans ses propos, la sagesse humble d'un homme qui en a vu bien d'autres :

— Toqué, ce n'est peut-être pas tout à fait le mot :

c'est seulement quelqu'un qui existe sans s'en douter.

— A merveille ! Ce mien sujet qui existe sans s'en douter, et ce mien paladin, là-bas, qui s'en doute sans exister, ils font une belle paire, je vous jure !

D'être resté longtemps en selle, Charlemagne était maintenant fatigué. Soutenu par ses écuyers, soufflant dans sa barbe et bougonnant : « Pauvre France ! » il mit pied à terre. Comme si elle guettait ce signal, à peine l'empereur fut-il descendu de cheval, l'armée entière s'arrêta et improvisa un bivouac. On sortait les marmites, on préparait le rata.

— Qu'on m'amène un peu ce Gourgou... Comment diable s'appelle-il ? fit le roi.

— Selon les contrées qu'il traverse, expliqua le sage horticulteur, selon qu'il suit l'armée chrétienne ou l'infidèle, on le nomme Gourdoulou, ou Goudi-Youzouf, ou Ben-Çava-Youzouf, ou Ben-Stamboul, ou Pestanzoust, ou Bertinzoust, ou Martinbon, ou Gars-bon, ou Gars-Beste... Mais on l'appelle encore le Vilain des Vallées, ou Jean Piffre, ou Pierre Pignoche. Il se peut que, dans quelque ferme isolée, on lui trouve un nom tout à fait différent des autres. J'ai du reste noté que partout on le désigne diversement selon les saisons. On dirait que tous ces mots pleuvent sur lui sans jamais arriver à y tenir. Mais, de quelque façon qu'on le désigne, ça lui est égal : il ne fait pas de différence. Vous l'appelez, il croit que vous appelez une chèvre ; vous dites « fromage », ou bien « torrent », et il répond : « Me voici. »

Deux paladins — Sansonnet et Dudon — s'avançaient, tirant Gourdoulou comme une besace. A grandes bourrades, ils le mirent debout devant Charlemagne.

— Découvre-toi, maraud ! Ne vois-tu pas que tu es en présence du roi ?

Le visage de Gourdoulou s'épanouit : un gros visage rubicond qui mêlait le type franc et le type mauresque, avec un semis de taches de rousseur répandu sur une peau olivâtre, des yeux bleus globuleux, veinés de rouge, au-dessus d'un nez camus et d'une bouche aux lèvres épaisses ; le poil tirant sur le blond, mais crêpelé, une barbe hirsute plantée par touffes ; et, pris dans toute cette toison, des bogues de châtaignes et des épis d'avoine.

Il commença par se prosterner, multipliant les salamalecs, et parlant, parlant sans discontinuer. Les nobles barons, qui jusqu'alors ne lui avaient entendu émettre que des cris d'animaux, n'en revenaient pas. Il pérorait à toute allure, mangeant la moitié des mots, s'empêtrant dans ses phrases, passant brusquement d'un dialecte à l'autre, voire d'une langue à l'autre, mauresque aussi bien que chrétienne. Or, dans ce mélange d'incongruités et de paroles indéchiffrables, la harangue de Gourdoulou se présentait à peu près ainsi :

— Je courbe la terre contre mon nez, je me laisse choir debout à vos pieds et me déclare le très auguste serviteur de votre très très humble majesté, commandez-vous, et je m'obéirai !

Il brandit une cuiller qu'il portait à la ceinture :

— Et quand votre majesté dit : 'J'ordonne, je commande, je veux ', et fait comme ça avec son sceptre, vous voyez, le geste que je fais avec mon sceptre, et crie, comme je crie, là, en ce moment : 'Jeu ordonne, jeu commande, jeueu veux !' eh bien vous autres, tous tant que vous êtes, chiens de sujets, vous devez m'obéir, sinon je vous fais empaler, et toi le premier, oui, toi, là, avec ta barbe et ton air de vieux gaga !

— Dois-je lui trancher la tête d'un seul coup, Sire ? demanda Roland, l'épée déjà dégainée.

— J'implore pour lui le pardon de Votre Majesté, intercéda le jardinier. C'est une de ses bévues habituelles : en parlant au roi, il a confondu, il ne s'est plus rappelé qui était le roi, de lui ou de son interlocuteur.

Une bonne odeur de rata montait des marmites fumantes.

— Allez, donnez-lui une gamelle de soupe ! trancha l'empereur, magnanime.

Avec mille grimaces, contorsions et propos incohérents, Gourdoulou se retira au pied d'un arbre pour manger sa soupe.

A présent, il essayait d'enfoncer sa tête dans la gamelle posée sur le sol, à croire qu'il voulait entrer tout entier dedans. Le bon jardinier s'approcha de lui et, le prenant par l'épaule :

— Quand donc comprendras-tu, sacré Martinzoust ? C'est toi qui dois manger la soupe, et non la soupe te manger ! Voyons, rappelle-toi ! Tu la prends avec ta cuiller, et tu la mets dans ta bouche...

Gourdoulou se mit à ingurgiter des cuillerées et des cuillerées de soupe, en vrai glouton. Il jouait de sa cuiller avec un entrain qui, parfois, lui faisait manquer le but. Dans le tronc de l'arbre sous lequel il était assis, une cavité s'ouvrait, juste à la hauteur de sa tête. Et Gourdoulou d'y déverser le contenu de sa cuiller.

Dès le début, Agilulfe avait suivi, avec une attention mêlée d'un certain désarroi, les évolutions de cette grosse boule de chair qui semblait se vautrer avec une joie béate au milieu de toutes les choses créées, tel un poulain qui cherche à se gratter le dos ; à cette vue, il était comme pris de vertige.

— Paladin Agilulfe ! appela Charlemagne. Je vais vous dire à quoi j'ai pensé : je vous donne ce gaillard-là pour écuyer ! N'est-ce pas que c'est une fameuse idée ?

Les paladins riaient sous cape. Mais Agilulfe, qui prenait toutes choses au sérieux (surtout lorsqu'il s'agissait d'un ordre exprès de l'empereur !), sur-le-champ se mit en quête de son nouvel écuyer, afin de lui indiquer ses premières tâches. Entre-temps, Gourdoulou, la soupe avalée, était tombé endormi à l'ombre de son arbre. A plat ventre dans l'herbe, bouche ouverte, il ronflait : sa poitrine et toute sa bedaine se soulevaient et s'abaissaient comme le soufflet du forgeron. La gamelle graisseuse avait roulé à côté d'un de ses énormes pieds nus. Or voilà que dans l'herbe, un porc-épic, attiré sans doute par le fumet, s'approcha de la gamelle et, goulûment, se mit à lécher ce qui restait du rata ; tout en léchant, il appuyait la pointe de ses soies contre la plante du pied nu de Gourdoulou et, à mesure qu'il remontait la mince rigole de soupe, ses piquants s'enfonçaient plus cruellement dans la chair. Tant et si bien que le pauvre hère ouvrit les yeux : il regarda autour de lui, sans comprendre d'où pouvait provenir la sensation douloureuse qui l'avait tiré du sommeil. Il vit un pied nu, dressé dans l'herbe comme la raquette du figuier d'Inde, et, tout contre le pied, un hérisson.

— O pied ! se lamenta Gourdoulou, bougre de pied, hé ! c'est à toi que je parle ! Que fais-tu là, planté comme un imbécile ? Ne vois-tu pas que cette bestiole te picote ? Oh pi-ed ! Voyez ce benêt ! Mais pourquoi ne t'écartes-tu pas, juste un petit peu ? Tu ne sens pas qu'elle te fait du mal ? Bon sang de pied ! Il suffirait de si peu de chose, que tu te bouges, mais à peine, juste de ça ! Comment peut-on être aussi gourde ! Pied joli, à la fin, vas-tu m'écouter ? Regardez-moi comme il se laisse bousiller ! Mais tire-toi de là, grand nigaud ! Tiens, fais attention : vois comment je m'y prends, je vais t'expliquer ce qu'il faut que tu fasses...

Ce disant, il replia sa jambe et ramena le pied vers lui, hors d'atteinte du porc-épic.

— Et voilà ! Ça n'était pourtant pas sorcier ! Sitôt que je t'ai montré, tu y es arrivé aussi bien que moi ! Bougre de peton, pourquoi t'es-tu laissé piquer si longtemps ?

Il passa la main sur la plante endolorie, puis, d'un bond, se releva, siffla un petit air, se lança au galop à travers les buissons, lâcha un pet, en lâcha un deuxième, et disparut.

Agilulfe fit quelques pas, pour tâcher de retrouver sa trace : mais où était passé son écuyer ? Devant lui s'ouvrait un val zébré de champs d'avoine aux épis drus, de haies d'arbousiers et de troènes, où le vent courait en longues risées chargées de pollen et de papillons ; au-dessus, dans le ciel, flottait l'écume blanche des nuages. Gourdoulou avait disparu par là, sur ces pentes où le soleil, en tournant, faisait bouger de grands dessins d'ombre et de lumière ; il pouvait être n'importe où, sur l'un ou l'autre versant.

Venu de très loin, un chant nasillard s'éleva : *De sur les ponts de Bayonne...*

La blanche armure d'Agilulfe, dressée au bord de la vallée, croisa ses bras sur sa poitrine.

— Alors, ce nouvel écuyer, quand prendra-t-il son service ? s'enquirent les paladins.

Machinalement, d'une voix sans timbre, Agilulfe prononça :

— Une affirmation orale de l'empereur a valeur d'ordre immédiatement exécutoire.

*De sur les ponts de Bayonne...* De nouveau on entendit le chant, dans le lointain.

## IV

L'ordre de l'univers, en cet Ange ancien où se déroule mon histoire, était encore plein de hasards. Plus d'une fois, il arrivait qu'on se trouvât mis en présence de vocables, de notions, d'institutions et de formes à quoi ne correspondait rien de réel ; en revanche, le monde regorgeait de choses, d'énergies et d'êtres que rien, pas même un nom, ne différenciait du reste : bref, une époque où la volonté opiniâtre d'être là, de marquer son passage, de se colleter avec tout ce qui existe, demeurait souvent sans emploi. A dire vrai, bien des gens n'en avaient que faire : les uns étaient trop ignorants, trop misérables, les autres, trop favorisés, pour en éprouver le besoin ; de sorte qu'une certaine quantité allait se perdre Dieu sait où. Mais il pouvait advenir aussi que cette volonté, ce sentiment de soi, restés en suspens, précipitassent, en quelque sorte, pour former un grumeau : ainsi voit-on que l'impalpable poudroiement des gouttelettes se condense en une bourre de nuages. Et quelquefois, par l'effet du hasard ou d'une intuition, cette masse venait se loger dans un nom, un titre nobiliaire — il s'en trouvait alors quantité de vacants — en une case de l'organigramme militaire, avec un ensemble de missions à remplir et de règlements déterminés ; et puis, surtout, dans une armure inoccupée, car, sans armure, par les temps qui couraient, même l'homme qui était risquait fort de disparaître : alors, pensez donc, le malheureux qui n'était pas... Et voilà comment Agilulfe des Guildivernes avait inauguré sa carrière, et acquis tout ce grand renom.

Moi qui vous fais ce récit, je m'appelle, en religion,
Sœur Théodora, de l'ordre de saint Colomban. J'écris ici,
dans mon couvent, explorant de vieux parchemins, utili-
sant des bouts de phrases entendues au parloir, et même
quelques rares rapports de témoins. Des occasions de
bavarder avec les militaires, nous autres, nonnes, nous
n'en avons point tellement ; donc, ce que j'ignore, je
m'efforce de l'imaginer. Autrement, comment faire ? Du
reste, tout n'est pas clair pour moi dans ce récit. Il faut
nous comprendre : quoique de familles nobles, nous
sommes des filles de la campagne, ayant vécu toujours
cloîtrées dans des manoirs perdus, et puis dans des couvents. Excepté l'office, le triduum, les neuvaines, les travaux des champs, la moisson, la vendange, les fustigations
de serfs, quelques incestes, incendies, pendaisons, sièges,
invasions, pillages, pestilences et stupres de toute sorte,
au fond, nous n'avons pas vu grand-chose. Que voulez-
vous qu'une pauvre sœur connaisse au train du monde ?

Allons, je vais reprendre, non sans peine, cette histoire
que j'ai entrepris d'écrire pour faire pénitence. Mais Dieu
sait comment je m'y prendrai pour vous raconter le
combat : je me suis toujours tenue à l'écart des guerres,
que le Seigneur nous en dispense ! — mises à part les
quatre ou cinq batailles rangées qui se sont livrées dans
les champs, sous les murs de notre château et que nous
observions, toutes gamines, de derrière les créneaux,
entre deux chaudrons de poix bouillante. Tous ces morts
qui restaient là, sans sépulture, à pourrir dans l'herbe ! Et
que nous retrouvions, l'été d'après, sous des nuages de
frelons ! Bref, moi, toutes ces batailles, vous disais-je, je
n'y connais rien.

Raimbaut non plus n'y connaissait rien. Bien qu'il n'eût
jamais rêvé d'autre chose au cours de sa brève existence,

il faisait ce jour-là ses premières armes. A cheval, dans sa rangée, il attendait le signal de l'assaut ; chose étonnante, il n'y trouvait pas le moindre plaisir. D'abord, il avait trop de fourbi sur le dos : la cotte de mailles d'acier avec le gorgerin, la cuirasse munie du colletin et des épaulières, la pansière, le heaume à bec au travers duquel il arrivait à peine à voir au-dehors ; et il portait encore la cotte d'armes par-dessus l'armure, un écu plus haut que lui, une lance qui, dès qu'on se tournait un peu, allait cogner contre la tête des collègues, et il avait sous lui un destrier qui disparaissait complètement dans le caparaçon de fer dont il était revêtu.

Puis, même le désir de venger dans le sang de l'émir Izoard le meurtre de son père n'était plus aussi violent. On lui avait montré de grands parchemins qui portaient l'emplacement de chaque formation, et expliqué :

— Voilà : quand la trompette sonne, tu galopes tout droit devant toi, la lance pointée, jusqu'à ce que tu l'embroches. L'émir Izoard combat toujours à cet endroit des lignes. Si tu ne files pas de travers, tu lui tombes dessus, c'est forcé... A moins, bien sûr, que toute l'armée ennemie ne tourne bride, mais, en principe, cela n'arrive jamais au premier choc. Ah ! entendons-nous, il peut toujours y avoir un léger décalage, mais si ça n'est pas toi qui l'embroches, t'en fais pas, ça sera ton voisin.

Pour Raimbaut, dans ces conditions, l'affaire perdait tout intérêt.

Le signe que la bataille était bien engagée, ce fut la toux. Il vit, là-bas, un gros nuage jaune s'avancer, puis un autre nuage se leva du sol : à leur tour, les destriers chrétiens venaient de s'élancer au galop. Raimbaut commença de tousser ; l'armée impériale tout entière toussait,

toussait, engoncée dans les armures, et, ainsi toussaillant et piaffant, courait sus à la nuée infidèle ; déjà l'on entendait, à chaque instant plus proche, la tousserie sarrasine. Les deux nuages se rejoignirent : toute la plaine retentit du fracas des gorges et des lances.

Le coup de maître, au cours du premier choc, ce n'était point tant d'embrocher l'adversaire (on risquait fort, en heurtant un écu, de rompre la lance et, qui sait, sous l'effet de la secousse, d'aller piquer du nez dans la poussière...) mais de lui faire vider les arçons : le fin du fin, c'était de glisser votre lance entre le séant et la selle, hop ! juste au moment de la caracole. Cela ne réussissait pas toujours : l'arme ainsi pointée vers le bas pouvait buter contre un obstacle, ou même se ficher en terre et, faisant levier, vous arracher vous-même de votre selle avec la violence d'une catapulte. De sorte que le heurt des premières lignes était comme un envol de guerriers accrochés à leurs lances. En outre, le moindre déplacement latéral était difficile, à cause de ces sacrées lances justement : si peu qu'on se tournât, on risquait de les enfoncer dans les côtes des amis aussi bien que des adversaires ; et voilà, c'était l'embouteillage, personne n'y comprenait plus rien. Lorsque survenaient les champions, au grand galop, l'épée dégainée, ils avaient la partie belle, et vous taillaient toute cette mêlée de leurs rudes estramaçons.

Au bout d'un moment, les champions ennemis se trouvaient face à face, et les écus s'entrechoquaient. C'était l'heure des combats singuliers. Mais le sol étant déjà tout encombré de ferrailles et de cadavres, on avait du mal à se frayer un chemin : donc, quand on ne parvenait pas à s'affronter, on échangeait des gros mots. Ici, ce qui était capital, c'était la nature et le degré d'intensité de l'insulte, car, selon qu'il s'agissait d'une injure mortelle, sanglante, intolérable, ou moyenne ou bien bénigne, diverses sortes de réparations étaient

requises ; et parfois c'étaient des haines implacables qu'on
léguait à ses descendants. L'important était donc de se
bien comprendre, chose malaisée entre maures et chrétiens, avec, chez les uns comme chez les autres, tout ce
mélange des parlers les plus divers ; si jamais vous
receviez une insulte indéchiffrable, comment faire ? Vous
n'aviez plus qu'à la garder, au risque d'en être déshonoré
jusqu'à la fin de vos jours. Aussi, à cette phase du
combat, participaient les interprètes, troupe rapide,
légère, juchée sur de drôles de petits bidets, qui trottait
de-ci, de-là, cueillant au vol chaque injure, et la tradui-
sant sur-le-champ dans la langue du destinataire.

— *Khar as-Sus !*
— Chiure de mouche !
— *Mushrik ! Sozo ! Mozo ! Esclavao ! Canaille ! Hijo de
puta ! Zabalkan ! Etrons !*

Ces interprètes, d'un côté comme de l'autre, on était
convenu, par un accord tacite, qu'il ne fallait pas les tuer.
D'ailleurs, ils allaient comme le vent et si, dans toute
cette pagaille, il n'était déjà pas facile d'abattre un lourd
guerrier monté sur un cheval énorme qui pouvait à grand-
peine bouger ses pattes, tant il les avait cerclées de fer, à
plus forte raison ces diables d'acrobates ! Oh ! bien sûr, à
la guerre comme à la guerre : de temps en temps, l'un
d'eux y laissait sa peau. Mais après tout, ces lascars qui
savaient tout juste dire « fils de pute » dans deux ou trois
langues, ne devaient pas prendre de risques pour rien. Sur
les champs de bataille, pour peu qu'on ait la main leste, il
y a toujours à glaner, surtout si l'on arrive au bon
moment : avant que ne s'abatte le grand essaim de la
piétaille, qui rafle tout sur son passage.

Pour ce qui est de butiner, les fantassins, bas sur pattes,
n'ont pas leurs pareils ; seulement les cavaliers, dressés
sur leurs arçons, surviennent juste au bon moment, vous
les estourbissent d'un grand coup du bois de leur lance, et
hissent la balle. Le butin dont il s'agit ici, entendons-

nous, n'est point celui qu'on arrache sur les morts, car
détrousser un cadavre est une besogne qui requiert une
exceptionnelle concentration, non, simplement les choses
qui se perdent. Avec cette manie de partir au combat tout
chargés de harnois mis les uns sur les autres, au premier
assaut le sol est jonché d'un fatras d'objets hétéroclites.
Dès lors, qu'importe la bataille ? On se bat, oui, avec
fureur, pour les ramasser ; et, le soir venu, de retour au
cantonnement, on fait des trocs, on marchande ferme.
Donne-moi ça, je te donne ça : tout compte fait, ce sont
les mêmes choses qui, sans arrêt, circulent d'un camp à
l'autre, d'un régiment à l'autre du même camp : mais la
guerre, après tout, n'est-elle pas cet art de se passer de
main en main des objets chaque fois un peu plus
cabossés ?

Raimbaut découvrit que les choses se déroulaient tout
autrement qu'on ne le lui avait prédit. Il s'était jeté en
avant, la lance brandie, frémissant d'impatience : les
deux armées allaient enfin se rencontrer ! Certes, pour se
rencontrer, elles se rencontrèrent... Seulement, tout
semblait réglé de sorte que chaque cavalier pût se faufiler
dans l'intervalle laissé libre entre deux adversaires, sans
même les effleurer. Pendant un bout de temps, on
continua de galoper, chacun dans sa direction, en se
tournant réciproquement le dos ; après quoi, les deux
armées firent volte-face, et essayèrent de s'affronter :
trop tard, l'élan désormais n'y était plus. Comment, dans
cette bousculade, retrouver le fameux émir ? Raimbaut
s'en vint cosser, écu contre écu, avec un bougre de
Sarrasin, sec comme un vieux hareng. Ni l'un ni l'autre ne
paraissait d'humeur à céder le passage ; ils se repoussaient
avec leurs boucliers, tandis que les chevaux se soulevaient
sur leurs sabots pointés en terre.

Le Sarrasin, une vraie face d'albâtre, gronda quelque chose.

— Interprète! hurla Raimbaut. Qu'est-ce que j'entends?

Un court galop : arrive un de ces bons à rien.

— Il dit que vous le laissiez partir.

— Morbleu, non!

L'interprète traduisit; l'autre insista.

— Il dit qu'il doit absolument passer... question de service; sans cela, la bataille ne suivra pas son cours normal...

— Eh bien, je le laisse passer : mais qu'il m'indique la position d'Izoard, son émir!

Le Sarrasin fit un geste dans la direction d'une petite colline, en criant quelque chose. Et l'interprète :

— Là-bas, sur votre gauche, en haut du mamelon!

Raimbaut tourna son cheval et s'en fut au galop.


L'émir, drapé dans un manteau vert, interrogeait l'horizon.

— Interprète!

— Voilà!

— Dis-lui que je suis le fils du marquis de Roussillon, et que je viens venger la mort de mon père.

L'interprète traduisit. L'émir leva la main en l'air, les doigts joints.

— Et qui était-ce?

— Qui était mon père? Ce sera ta dernière offense!

Raimbaut tira l'épée; l'émir en fit autant. C'était un bretteur redoutable et déjà le garçon se trouvait en fâcheuse posture, lorsque accourut, hors d'haleine, le Sarrasin de tout à l'heure, à la face d'albâtre; il baragouinait quelque chose :

— Arrêtez, messire! traduisit l'interprète à toute

allure. Excusez-moi, j'avais confondu : l'émir Izoard est
sur le mamelon de droite ! Lui, c'est l'émir Abdul !

— Merci ! Vous êtes homme d'honneur !

Sur ce, Raimbaut tira son cheval de côté, salua de
l'épée l'émir Abdul, et fonça au triple galop vers la colline
opposée.

Quand on lui dit que Raimbaut était le fils du marquis,
l'émir Izoard grogna : « Hein, quoi ? » et il fallut le lui
corner plusieurs fois dans l'oreille.

A la fin, il hocha la tête et leva l'épée. Raimbaut se jeta
sur lui. Mais, tandis que déjà ils croisaient le fer, un doute
lui vint : ce gaillard était-il vraiment Izoard ? Sa combati-
vité s'en trouva quelque peu amoindrie. Alors, il s'appliqua à cogner de toutes ses forces, mais plus il cognait,
moins il se sentait sûr de l'identité de son adversaire.

Cette incertitude n'eût pas manqué de lui être fatale.
Le Maure le pressait de bottes toujours plus rapprochées,
quand il se fit soudain, à côté d'eux, un grand tumulte.
Un officier mahométan était coincé au plus épais de la
mêlée ; tout à coup, il lança un appel.

Aussitôt l'adversaire de Raimbaut leva son écu comme
pour demander une trêve, et poussa un cri en réponse.

— Qu'a-t-il dit ? demanda Raimbaut à l'interprète.

— Il a dit 'Oui, émir Izoard, tout de suite, je t'apporte
tes besicles !'

— Ah ! donc ça n'est pas lui !

— Je suis, expliqua le Sarrasin, le porte-besicles de
l'émir Izoard. Ces besicles, instrument encore ignoré de
vous autres, roumis, sont des sortes de verres qui
redressent la vue. Izoard, qui l'a très basse, est contraint
d'en porter dans les batailles ; seulement, fragiles comme
elles sont, à chaque rencontre, il m'en bousille une paire :
j'ai pour mission de lui en fournir d'autres. Donc, s'il vous
plaît, arrêtons là notre duel : sans cela, l'émir est tellement myope qu'il ne s'en sortira pas !

— Ah ! Ah ! le porte-besicles ! » rugit Raimbaut qui se

demandait si, de rage, il allait l'étriper, ou s'il ne devrait pas plutôt foncer sur le véritable Izoard. Mais le beau fait d'armes, d'aller combattre avec un adversaire qui n'y voit goutte !

— Il faut me laisser aller, messire, insista l'homme aux besicles, car le règlement de la bataille spécifie qu'Izoard doit demeurer en bonne santé ; or, s'il n'a pas ses lunettes, le pauvre, il est perdu !

Et il brandissait les précieux verres, en criant bien fort :

— Voilà, voilà, elles arrivent, tes besicles !

— Non ! » gronda Raimbaut, et il abattit son épée sur ces bouts de verre, les brisant en mille morceaux.

A l'instant même, comme si le fracas des lunettes volant en éclats eût été pour lui le signe qu'il était fichu, Izoard alla tout droit s'embrocher sur une lance chrétienne.

— Désormais, conclut le porte-besicles, ses yeux n'ont plus besoin de mes verres pour contempler les houris du Prophète.

Il éperonna son cheval, et s'en fut.

Le cadavre de l'émir, dégringolé de la selle, resta accroché par les jambes aux étriers, et le cheval, le traînant derrière lui, l'amena jusqu'aux pieds de Raimbaut.

Le jeune homme n'en revenait pas de voir Izoard mort, là, par terre ; des impressions contradictoires l'agitaient : à la joie de pouvoir enfin se dire qu'il avait vengé le meurtre de son père, se mêlait un doute : cette façon d'exécuter un émir en lui faisant voler en éclats ses besicles représentait-elle une réparation adéquate ? Un sentiment de désarroi, aussi, à se trouver brusquement libre de ce souci qui l'avait guidé jusque-là. Mais ce trouble ne dura qu'un court instant. Ensuite, il n'éprouva plus rien qu'une incroyable sensation de légèreté : il était là, en pleine bataille, soulagé de cette pensée obsédante,

il pouvait galoper, regarder autour de lui, se battre ; il se
sentait des ailes aux pieds.

Trop absorbé jusqu'alors par son projet de tuer l'émir,
il n'avait prêté aucune attention à l'organisation de la
bataille ; plus exactement, il ne lui était pas venu à l'esprit
qu'il pût y avoir une quelconque organisation. Tout lui
apparaissait imprévu ; ce n'est qu'à présent que l'exalta-
tion et l'horreur semblaient l'atteindre. Le sol portait déjà
sa floraison de cadavres. Effondrés dans leurs armures,
tous ces morts gisaient dans des postures aberrantes,
selon la façon dont les cuissards, les cubitières et les
autres pièces de métal s'étaient disposés, formant des
entassements d'où dépassaient parfois un bras ou une
jambe pointés vers le ciel. Par endroits, les lourdes
cuirasses s'étaient ouvertes, et les entrailles débordaient
de ces fentes, à croire que les armures ne renfermaient
pas des corps entiers, mais de la tripe fourrée là-dedans
au petit bonheur et qui s'en échappait à la première
brèche. Ces images sanglantes emplissaient Raimbaut de
douleur : avait-il donc oublié que ce qui donnait vigueur
et mouvement à toutes ces coquilles de fer, c'était le tiède
sang des hommes ? A toutes, sauf une... Ou bien est-ce
que déjà la nature subtile du chevalier aux blanches armes
lui semblait avoir gagné toute l'armée ?
Il piqua des deux. Il brûlait d'affronter des présences
vivantes, fût-ce celles d'ennemis.

Il était parvenu dans un vallon désert : autour de lui,
rien que des morts, au-dessus desquels bourdonnaient des
nuées de mouches. La bataille devait avoir fait trêve, ou
alors, si elle se déchaînait encore, c'était d'un tout autre

côté. Raimbaut chevauchait, scrutant les alentours.
Tiens, un claquement de sabots : voici qu'un guerrier à
cheval se dresse au sommet d'une butte. Mais c'est un
Sarrasin ! L'homme jette un coup d'œil prompt, lâche le
mors à son coursier et détale. Raimbaut éperonne le sien,
il lui donne la chasse. De la butte où il est maintenant
arrivé, il aperçoit là-bas, dans le pré, son Sarrasin qui
galope et, de temps en temps, disparaît parmi les
bouquets de coudriers. Le cheval de Raimbaut file
comme un trait : on dirait qu'il guettait l'occasion de faire
un peu de vitesse. Quant à son maître, il est aux anges :
enfin, sous toutes ces carcasses inertes, il y a quand même
un homme, un vrai, un cheval, un vrai cheval ! Le
Sarrasin prend sur la droite, pourquoi ? A présent Raimbaut est sûr de le rattraper. Mais voici qu'à droite un
autre de ces infidèles surgit d'un taillis et lui barre la
route. Les deux Maures se retournent, se jettent sur lui :
ma parole, c'est une embuscade ! Raimbaut s'élance
contre eux, l'épée haute, et les apostrophe :

— Lâches !

L'un d'eux est sur lui : avec son heaume noir biscornu,
il a l'air d'un gros frelon. Le jeune homme pare un coup
de taille, abat son épée à plat sur l'écu de l'adversaire,
mais son cheval fait un écart, et puis il y a l'autre, le
premier, qui le serre de près : Raimbaut est obligé de
jouer du bouclier et de l'épée, et de faire faire volte sur
volte à son cheval, à grands coups de genoux dans les
flancs.

— Lâches !

Il crie, et sa colère est une vraie colère, ce combat un
vrai combat, sans merci, et l'usure de ses forces, à se
garder ainsi de deux ennemis à la fois, est vraiment cette
torpeur déchirante qui pénètre ses os et son sang :
Raimbaut va peut-être mourir, à présent qu'il est sûr que
le monde existe ; mourir juste maintenant, est-ce tellement plus triste ? Il ne sait pas.

Les deux Maures reviennent à la charge. Il cède du terrain. Il tient bien serré le pommeau de son épée, on dirait qu'il s'y accroche : s'il perd l'épée, il est perdu !

Or, tandis qu'il était à la dernière extrémité, il entendit un galop. A ce bruit, comme au roulement du tambour, les deux Sarrasins, d'un commun accord, s'écartèrent. C'étaient eux, maintenant, qui reculaient en se faisant un rempart de leurs écus relevés. Raimbaut se retourna : il vit alors à ses côtés un chevalier qui portait les insignes chrétiens et, par-dessus la cuirasse, une cotte d'armes couleur pervenche ; un panache de longues plumes, elles aussi couleur pervenche, flottait au cimier du casque. Virevoltant, rapide, une lance légère tenait les païens à distance.

Les voici maintenant coude à coude, Raimbaut et le chevalier inconnu qui n'arrête pas de faire tournoyer sa lance. L'un des deux adversaires, risquant une feinte, cherche à la lui faire sauter des mains. Mais le chevalier pervenche, à ce moment précis, la suspend à l'anneau de l'arrêt et empoigne l'estoc. Il se jette sur le Sarrasin, le duel commence. Raimbaut, à voir avec quelle légèreté son mystérieux sauveteur manie l'estramaçon, oublie tout le reste : pour un peu, il demeurerait là, immobile, à regarder. C'est l'affaire d'une minute, voilà qu'il fonce sur l'autre adversaire, dans un grand heurt de boucliers.

Il continue ainsi à se battre aux côtés du chevalier pervenche. Chaque fois que leurs ennemis, après un nouvel assaut infructueux, reculent de quelques pas, chacun se met à combattre avec l'adversaire de l'autre, en une permutation rapide ; par ce biais, ils laissent l'ennemi tout ahuri à l'épreuve de leurs talents divers. Combattre avec un compagnon auprès de soi est chose tellement plus belle que de combattre tout seul ! On s'encourage, on se réconforte, le sentiment d'avoir un ennemi et celui d'avoir un ami se fondent en une même impression de chaleur.

Souvent Raimbaut, pour se donner du cœur, interpelle son partenaire ; l'autre reste muet. Le jeune homme comprend que, dans la bataille, mieux vaut ménager son souffle, et il se tait lui aussi. Malgré tout, ça le contrarie un peu de ne pas entendre la voix de son camarade.

La lutte est devenue plus acharnée. Voici que le guerrier pervenche fait vider les étriers à son Sarrasin : ainsi mis à pied, le drôle prend le maquis. L'autre se précipite sur Raimbaut mais, dans l'assaut, son alfange se brise ; alors, de peur d'être fait prisonnier, il tourne son cheval et décampe à son tour.

— Frère, grand merci, dit Raimbaut à son défenseur, tu m'as sauvé la vie ! » Il découvre son visage et lui tend la main : « Mon nom est Raimbaut, de la maison des marquis de Roussillon, bachelier.

Le chevalier pervenche garde le silence, il ne daigne ni se nommer, ni serrer la main droite que lui tend Raimbaut, ni laisser voir son visage. Le garçon devient écarlate :

— Pourquoi ne me réponds-tu pas ?

Ça alors ! Voilà que soudain l'autre fait faire une volte à sa monture et galope au loin !

— Chevalier, que je te doive la vie ou pas, je tiens ton geste pour le pire outrage !

Raimbaut peut crier, le chevalier pervenche est déjà hors de portée.

Pris entre un élan de gratitude envers son protecteur anonyme, la camaraderie tacite née au cours du combat, la fureur devant l'affront inattendu, la curiosité éveillée par cette énigme, enfin l'acharnement que la victoire a apaisé mais qui tout aussitôt resurgit en quête d'occasions nouvelles, voici notre Raimbaut qui talonne son cheval pour le lancer à la poursuite du paladin pervenche, et répète :

— Qui que tu sois, tu vas me le payer !

Il a beau piquer et repiquer, le cheval ne bouge pied ni

patte. Il tire sur le mors, le museau retombe. Dressé sur les arçons, il le secoue : la bête brinqueballe, on dirait un cheval de bois. Le garçon met pied à terre. Il relève le chanfrein de fer et voit l'œil couvert d'une taie blanche : son cheval est mort. La pointe de l'épée sarrasine a pénétré entre deux lames du caparaçon, et a percé le cœur. Il se serait abattu sur le sol depuis un bon moment déjà, sans tous ces cercles de métal qui lui entouraient les pattes et les flancs, et le tenaient bien raide, comme vissé à la même place. L'impatience de Raimbaut est un instant vaincue par le chagrin de voir que ce vaillant coursier est mort debout après l'avoir si fidèlement servi ; il jette ses bras autour de l'encolure du cheval immobile comme une statue, et baise le museau froid. Puis il se ressaisit, sèche ses larmes et s'éloigne au pas de course.

Mais où aller ? Il se trouvait courir le long de sentiers mal frayés, au bord d'un torrent encaissé entre deux versants boisés ; on ne voyait plus trace de la bataille. La piste du guerrier inconnu était perdue. Raimbaut avançait au hasard, il ne le rejoindrait plus maintenant et s'y était résigné, bien qu'il se répétât encore : « Va, nous nous reverrons, dussé-je aller au bout du monde ! »

A présent, ce qui le tourmentait le plus, après cette matinée torride, c'était la soif. Tandis qu'il descendait vers la rive du torrent pour se désaltérer, il entendit un bruit de branches remuées : attaché à un noisetier par une longe très lâche, un cheval broutait l'herbe d'une prairie, libéré des pièces les plus lourdes de son harnois qui traînaient autour de lui. Pas de doute : c'était le cheval du guerrier mystérieux, le cavalier ne devait pas être loin ! Raimbaut se jeta parmi les ajoncs, à sa recherche.

Il parvint au bord de l'eau, passa la tête à travers les herbes : le guerrier était là. La tête et le torse étaient encore emprisonnés dans la cuirasse et le heaume impénétrables, comme dans un coquillage ; mais il avait retiré cuissards, genouillères et grèves, si bien qu'il était nu de la ceinture jusqu'en bas ; et, dans cet équipage, les pieds nus, il gambadait parmi les rochers du torrent.

Raimbaut n'en croyait pas ses yeux. C'était une nudité de femme : un ventre lisse duveté d'or, des fesses potelées comme pétales de rose, et de longues minces jambes de demoiselle. Cette moitié de femme (et l'autre, la moitié coquillage, avait maintenant une encore plus absurde et inhumaine apparence) tourna sur elle-même, chercha l'endroit propice, jeta un pied de chaque côté d'un filet d'eau, plia un peu les genoux, y appuya ses bras chargés des cubitières d'acier, poussa la tête en avant, la croupe en arrière et, en toute tranquillité et majesté, se mit à faire pipi. C'était une donzelle aux lunes harmonieuses, au duvet tendre et à l'humeur limpide. Raimbaut en fut tout de suite amoureux.

La jeune guerrière descendit vers le torrent, fit une rapide ablution en frissonnant un peu, et remonta en sautillant sur ses pieds nus tout roses. C'est alors qu'elle surprit Raimbaut qui l'épiait à travers les joncs.

— *Schweine Hund !* s'écria-t-elle.

Et, tirant un poignard de sa ceinture, elle le lança contre lui : non pas du geste sûr de la femme parfaitement exercée au maniement des armes qu'elle était, mais dans le mouvement de colère d'une femelle enragée qui balance à la tête de l'homme ce qui lui tombe sous la main, assiette, brosse, n'importe quoi.

N'empêche qu'il s'en fallut d'un cheveu qu'elle n'atteignît Raimbaut au front. Le garçon, mortifié, battit en retraite. Mais, un instant plus tard, il brûlait déjà de l'envie de se présenter à elle, de lui révéler, d'une manière ou d'une autre, sa passion. Il entendit le bruit d'un galop ; il courut jusqu'au pré ; le cheval n'y était plus ; la guerrière avait disparu. Le soleil déclinait : alors seulement il se rendit compte qu'une journée entière s'était écoulée.

Il s'en retourna au camp, harassé, traînant la jambe, trop abasourdi par tous ces événements pour se sentir heureux, trop heureux pour comprendre qu'il n'avait fait que troquer son tourment d'hier contre un tourment plus cuisant encore.

— Vous savez, j'ai gagné la partie, j'ai vengé mon père... Izoard, eh bien, il a mordu la poussière... j'ai... j'ai... » Mais son rapport était confus, précipité, il avait hâte d'en venir à un autre sujet. « ... Voilà, je me battais, j'en avais deux contre moi, tout d'un coup un chevalier est venu à mon secours... et puis après j'ai découvert que ça n'était pas un soldat, non c'était une femme, belle, mais belle... le visage, je ne sais pas, je ne l'ai pas vu... sur son armure elle porte un manteau couleur pervenche...

— Ah ! Ah ! Ah !

Ses compagnons de tente s'esclaffèrent. Ils étaient très occupés à frotter avec un onguent les bleus dont ils avaient la poitrine et les bras couverts, dans l'horrible relent de sueur qui se dégageait toutes les fois qu'on retirait les armures après un combat.

— Bradamante, voyez-vous ça, il lui faut Bradamante, à ce jouvenceau ! Comme si elle avait besoin d'un gars comme toi ! La Bradamante, elle s'envoie les généraux, ou bien les valets d'écurie ! Cette bique-là, même avec du sel, tu peux courir pour l'attraper !

Raimbaut ne sut que dire. Il sortit de la tente ; au couchant, le soleil était rouge. Pas plus tard qu'hier, en voyant le soleil bas, il se demandait : « Où en serai-je quand il se couchera, demain ? Aurai-je surmonté l'épreuve ? Serai-je assuré d'être un homme, de laisser une empreinte sur cette terre où je marche ? »

Et voilà qu'il avait sous les yeux le couchant de ce lendemain ; les premières épreuves, surmontées, déjà ne comptaient plus beaucoup et l'épreuve nouvelle qui se dressait devant lui était inattendue, redoutable, et c'est là seulement qu'il trouverait la certitude. En proie à cette perplexité, il eût aimé se confier à quelqu'un : au chevalier à l'armure blanche, le seul être qui lui parût capable de le comprendre, sans qu'il sût lui-même s'en expliquer la raison.

## V

Au-dessous de ma cellule, se trouvent les cuisines du couvent. Tandis que j'écris me parvient un tintamarre de couverts de cuivre et d'étain : les sœurs chargées des besognes ménagères rincent la vaisselle de notre piètre réfectoire. Moi, la Mère Supérieure m'a assigné une tâche différente, celle de rédiger cette histoire ; mais tous les travaux du couvent, ordonnés selon une fin unique — la rédemption des âmes — ne font qu'un seul et même ouvrage. Hier j'en étais au récit de la bataille, et, dans le tintement de vaisselle qui montait de l'office, je croyais entendre les lances heurter contre les écus et les cottes, retentir les heaumes martelés de lourds estocs. Du fond du préau, arrivaient jusqu'ici les battements du rouet des sœurs filandières, et ce que j'entendais, moi, c'était un claquement de sabots de coursiers lancés au galop : ainsi, ce que percevaient mes oreilles, mes yeux mi-clos le changeaient en images, et mes lèvres silencieuses en un essaim de paroles, et ma plume, à travers la page blanche, courait, courait pour les rejoindre.

Aujourd'hui, l'air est plus lourd, l'odeur des choux plus épaisse, mon esprit plus nonchalant... Le tintamarre de l'office ne parvient pas à m'entraîner plus loin que les popotes de l'armée franque : je vois les guerriers alignés devant les grands chaudrons fumants, sans arrêt j'entends le fracas des gamelles entrechoquées, le tam-tam des cuillers, les louches cognant contre le rebord des marmites, le bruit des casseroles vides où l'on racle la croûte du fond ; d'un régiment à l'autre, angevins, normands ou bourguignons, c'est le même tableau, le même relent de soupe aux choux.

Si la puissance d'une armée se mesure au chahut qu'elle mène, certes la retentissante milice des Francs apparaît dans toute sa force quand sonne l'heure du rata. Le bruit se répercute à travers plaines et vallons, très loin, pour se confondre avec l'écho d'un autre charivari, qui provient des marmites infidèles. L'ennemi aussi, à la même heure, s'applique à ingurgiter une exécrable soupe aux choux. La bataille d'hier était moins assourdissante. Et surtout moins nauséabonde.

Eh bien, me voilà réduite à imaginer les héros de mon récit assemblés autour des popotes. Agilulfe, je le vois surgir au milieu de la buée, courbé au-dessus d'une marmite, pas du tout incommodé par l'odeur des choux, en train de faire quelque remontrance aux maîtres queux du régiment d'Auvergne. Sur ces entrefaites, arrive le jeune Raimbaut, tout courant :

— Ah ! chevalier, lance-t-il sans reprendre haleine, enfin je vous retrouve ! Vous savez, je donnerais cher pour devenir paladin ! Hier, dans la bataille... Dieu, quelle mêlée ! Eh bien, moi, j'ai vengé... et puis je me suis trouvé seul, ils étaient deux contre moi ! Une embuscade ! Alors, vous pensez... Bref, maintenant, la guerre, je sais ce que ça veut dire. Je voudrais qu'à la prochaine bataille on me confie le poste le plus dangereux, ou alors partir pour quelque expédition où je me ferais honneur, dans l'intérêt de notre sainte religion, sauver des femmes, des infirmes, des vieillards, des gens sans défense... Vous devez pouvoir me dire...

Agilulfe, avant de lui répondre, demeura un instant le dos tourné : ça l'agaçait d'être interrompu dans l'accomplissement d'une de ses attributions, et il tenait à le faire voir. Après quoi, il fit face et entama un discours aisé, bien agencé, où perçait le plaisir de se rendre promptement maître d'une question qu'on lui posait ainsi, à brûle-pourpoint, et de la disséquer avec compétence.

— A ce que tu dis, bachelier, tu m'as l'air de penser que notre condition de paladins n'a d'autre objet que la poursuite de la gloire, soit dans la bataille, à la tête des troupes, soit en d'audacieuses entreprises individuelles, ces dernières visant la défense de notre divine religion, ou la protection des femmes, des vieillards et des infirmes. Ai-je bien compris ?

— Parfaitement.

— Entendons-nous ; de fait, ces choses dont tu parles sont un genre d'activités particulièrement adéquates : nous sommes un corps d'officiers d'élite. Néanmoins... » Ici, Agilulfe glissa un petit rire, le premier que Raimbaut entendît monter du blanc gorgerin, un rire à la fois courtois et sarcastique. « ... Néanmoins, ce ne sont pas les seules. Si tu y tiens, il me sera facile de t'énumérer, l'une après l'autre, les diverses obligations qui échoient aux simples paladins, aux paladins de première classe, aux paladins d'Etat-Major... »

Raimbaut l'interrompit :

— Pas la peine : je n'aurai qu'à vous suivre et prendre exemple sur vous, chevalier.

— Ainsi, tu préfères t'en remettre à l'expérience, plutôt qu'à la théorie ? C'est une façon de voir... Eh bien, tu peux constater qu'aujourd'hui, comme tous les mercredis, je fais fonction d'Inspecteur à la disposition de l'Intendance de l'Armée. A ce titre, je visite et contrôle les cuisines des régiments d'Auvergne et de Poitou. Accompagne-moi, et tu pourras toi-même, petit à petit, te familiariser avec une des branches les plus délicates du service.

Raimbaut fit la grimace : il s'attendait à mieux. Mais il ne voulait pas se dédire, et fit semblant de suivre avec

intérêt les faits et gestes d'Agilulfe circulant parmi les
maîtres queux, les cantiniers, les marmitons. Ce n'était là,
sans doute, qu'un rite à accomplir avant de s'élancer vers
quelque éblouissant fait d'armes.

Agilulfe comptait et recomptait les attributions de
vivres, les rations de soupe, le nombre de gamelles à
remplir ; il vérifiait même le contenu des chaudrons.

— Sache que la chose la plus difficile, dans la conduite
d'une armée, expliquait-il à Raimbaut, c'est de calculer
combien de gamelles de soupe il y a dans une marmite.
Pas un régiment où le chiffre soit exact. Ou bien il reste
des rations, et on ne sait pas où elles passent, ni comment
les faire figurer dans les registres ; ou bien, si jamais on
réduit les allocations, il en manque, et aussitôt le mauvais
esprit se fait jour parmi la troupe. Il est vrai que chaque
popote a toujours son cortège de guenilleux, de pauvres
vieilles, d'éclopés qui viennent récupérer les restes. Bien
entendu, c'est une chose qui met un désordre incroyable... Pour tâcher d'y voir un peu plus clair, j'ai décidé
que chaque régiment devrait présenter, en même temps
que son tableau d'effectifs, la liste des miséreux qui
viennent habituellement faire la queue pour le rata. De
cette façon, on saura avec exactitude où passe chaque
gamelle de soupe. Tiens, dès maintenant, pour t'exercer
un peu à ton métier de paladin, tu pourrais aller faire un
tour dans les cuisines des régiments, listes en main, et
examiner si tout est en ordre. Ensuite, tu viendras me
rendre compte.

Pauvre Raimbaut, que pouvait-il faire ? Se récuser,
déclarer que, pour lui, c'était la gloire ou rien ? Mais ne
risquait-il pas de ruiner sa carrière pour une vétille ? Il y
alla.

Il revint l'air ennuyé, sans idées bien précises, et fit son rapport.

— Eh bien, oui, en gros, ça a l'air d'aller... Assurément, c'est une fameuse pagaille... Et puis, tous ces indigents qui viennent à la soupe, ils sont tous frères ?

— Comment, tous frères ?

— Je ne sais pas, ils ont un air de parenté... Ils se ressemblent même tellement qu'on les prendrait l'un pour l'autre. Chaque régiment a le sien, pareil à celui du régiment d'à côté. D'abord, je croyais que c'était le même individu qui circulait d'une popote à l'autre. Mais je consulte les registres, et il y a écrit des noms différents : Boimolo, Carottin, Bourrachou, Bertelle... Alors j'ai demandé aux sergents, j'ai vérifié : oui, ça correspondait toujours. N'empêche, une ressemblance pareille...

— J'irai voir moi-même.

Ensemble ils se dirigèrent vers le cantonnement des Lorrains.

— Tenez, ce bonhomme, là-bas...

Raimbaut désigna un point, comme s'il montrait quelqu'un. De fait, il y avait bel et bien quelqu'un : simplement, à première vue, peut-être à cause de ses haillons verts et jaunes tout délavés et couverts de taches, ou parce qu'il avait la trogne parsemée d'éphélides et hérissée d'une barbe irrégulière, le regard glissait sur lui sans le distinguer de la terre et des feuilles.

— Mais c'est Gourdoulou !

— Gourdoulou ? Encore un nouveau nom ? Vous le connaissez ?

— C'est un homme sans nom, et qui a tous les noms possibles. Bachelier, je te remercie ; non seulement tu as découvert une irrégularité dans nos services d'intendance, mais tu m'as permis de retrouver l'écuyer qui m'avait été attribué par ordre exprès de l'empereur et que j'avais tout aussitôt égaré.

Les cuisiniers lorrains, une fois terminée la distribution

du rata aux hommes de troupe, avaient abandonné la marmite à Gourdoulou.

— Tiens, toute cette soupe est pour toi !

— A moi, soupe ! s'écria Gourdoulou.

Aussitôt, il s'appuya aux bords de la marmite, comme s'il s'accoudait à un balcon, et se mit, avec sa cuiller, à lancer des coups de biais, afin d'arracher ce qu'il y a de plus délectable à l'intérieur des marmites : la croûte collée sur les parois.

« A moi, soupe ! A moi, soupe ! » grondait sa voix à l'intérieur du chaudron. Il gigota tant et si bien que le récipient lui bascula sur la tête.

Prisonnier de la marmite renversée, on l'entendait cogner avec sa cuiller, faisant un bruit de cloche fêlée, et sa voix mugissait : « A moi, soupe ! » Puis la marmite commença de se dandiner comme une tortue, se retourna de nouveau, et Gourdoulou réapparut.

Il était barbouillé de soupe aux choux de la tête aux pieds, taché, gluant, et par-dessus le marché enduit de noir de fumée. Avec tout ce jus qui lui dégouttait du front, il trébuchait comme un aveugle en criant : « Tout est soupe ! » les bras écartés comme ceux d'un nageur, ne voyant rien d'autre que la mélasse qui lui couvrait les yeux et le visage. « Tout est soupe ! » : il avançait en brandissant sa grosse cuiller, on eût dit qu'il voulait la plonger tout autour de lui : « Tout est soupe ! »

A cette vue, Raimbaut se sentit pris d'un trouble violent ; la tête lui tournait. Mais ce qu'il éprouvait était moins du dégoût que de l'inquiétude : peut-être ce pauvre diable qui titubait là devant lui, tout aveuglé, n'avait-il pas tort, peut-être le monde n'était-il qu'une immense soupière pleine d'un brouet sans consistance où les choses mijotaient, se diluaient et se fondaient les unes dans les autres. « Je n'ai pas envie de devenir potage : au secours ! » se prenait-il à crier ; mais il vit, près de lui, Agilulfe impassible, bras croisés, l'air lointain ; la vulgarité même de ce spectacle le laissait indifférent. Le garçon se dit que jamais Agilulfe ne saurait comprendre une crainte de ce genre. L'autre sorte de malaise, celui que ne laissait pas de lui causer la vue du guerrier à la cuirasse blanche, était à présent combattu par le malaise nouveau que lui inspirait Gourdoulou : de sorte qu'il parvint à préserver un juste équilibre et à retrouver son calme.

— Pourquoi ne lui faites-vous pas comprendre que tout n'est pas soupe, et qu'il en finisse avec cette pantomime ? » En parlant, il réussit à garder à sa voix un timbre sans altération.

— L'unique façon de comprendre cela est de s'appliquer à une tâche bien définie », répondit Agilulfe ; et à Gourdoulou : « Tu es mon écuyer, de par la volonté de Charles, roi des Francs et notre empereur de droit divin. Dorénavant, tu devras m'obéir en toutes choses. Et comme j'ai reçu commandement de la Surintendance des Inhumations et des Pieux Hommages de procéder à l'ensevelissement des morts de la bataille d'hier, tu vas t'armer d'une pioche, d'une bêche, et nous irons là-bas donner une sépulture à la chair baptisée de nos frères que Dieu a reçus dans sa Gloire.

Il invita Raimbaut à se joindre à eux : il pourrait ainsi se familiariser avec cette autre délicate fonction dévolue aux paladins.

Tous les trois, ils se mettent en route vers le champ de bataille : Agilulfe avance de cette allure qu'il voudrait dégagée, alors qu'on dirait toujours qu'il marche sur des œufs ; Raimbaut va, les yeux écarquillés, impatient de reconnaître les lieux qu'hier il parcourut sous une grêle de traits et d'estramaçons ; quant à Gourdoulou, la pioche et la bêche sur l'épaule, nullement troublé par la solennité de son office, il sifflote un petit air.

Du sommet du tertre où ils sont à présent, on découvre l'endroit où la mêlée fut la plus sanglante. Les cadavres jonchent le sol. Les vautours immobiles, leurs serres enfoncées dans les épaules ou les visages des morts, ploient leur bec et fouillent les ventres béants.

Cette besogne des vautours est loin d'être chose simple. Sitôt que le combat tire à sa fin, les voilà qui descendent : seulement, le terrain est parsemé de corps vêtus de cuirasses d'acier contre lesquelles les becs des oiseaux de proie cognent, cognent en vain; pas moyen de faire brèche. Dès la nuit tombée, venus de l'autre bout de la plaine, avançant à quatre pattes, voici les détrousseurs de cadavres. Les vautours sont remontés, ils tournoient là-haut dans le ciel, ils attendent que tout soit terminé. Les premières lueurs du jour éclairent une jonchée blême de corps entièrement nus. Les vautours sont redescendus : alors commence le grand festin. Il faut qu'ils se dépêchent, car bientôt vont arriver les fossoyeurs, qui disputent aux oiseaux ce qu'ils abandonnent aux vers.

Agilulfe et Raimbaut à coups d'épée, Gourdoulou à coups de pelle mettent en fuite les noirs visiteurs qui s'envolent au loin. Ensuite, ils entreprennent leur macabre labeur : chacun des trois prend un mort, l'empoigne par les pieds et le tire jusqu'au sommet de la colline, à l'endroit choisi pour lui creuser sa fosse.

Agilulfe traîne son mort et songe :

« O mort, tu as ce que jamais je n'eus, ni n'aurai : cette carcasse. Ou plutôt, non, tu ne l'*as* pas, tu *es* cette carcasse, cette chose que parfois, dans les moments de mélancolie, je me surprends à envier aux hommes qui existent. Le beau trésor ! Ne devrais-je pas m'estimer heureux, moi qui n'en ai que faire et puis tout faire quand même ? Tout, enfin, je m'entends, tout ce qui me paraît le plus important... Et il y a quantité de choses que j'arrive à faire mieux que ceux qui existent, sans leurs défauts habituels qui sont grossièreté, à-peu-près, inconséquence et puanteur. Bien sûr, celui qui existe met toujours dans ce qu'il fait un petit quelque chose en plus, une empreinte particulière que moi je ne réussirai jamais à y mettre... Mais si tout leur secret est enfermé là, dans ce sac de tripes, grand merci, je peux m'en passer ! Cette vallée de corps nus qui se décomposent m'inspire moins de répugnance que le vivant charnier du genre humain. »

Gourdoulou traîne son mort, et monologue :

« Tu souffles certains vents cent fois plus infects que les miens, cadavre ! Il y a une chose que je ne comprends pas : tout le monde te plaint ; pourquoi ? Qu'est-ce qui te manque ? Avant, bon, tu te donnais du mouvement ; à présent, le mouvement, c'est toi qui le donneras aux vers que tu vas engraisser. Tu poussais, de tous tes ongles et de tous tes cheveux : désormais tu couleras, lymphe, et les herbes de la prairie monteront plus hautes dans le soleil. Herbe tu deviendras, puis lait des vaches qui viendront brouter l'herbe, sang de l'enfant qui aura bu le lait, et ainsi de suite. Tu vois bien que tu sais vivre mieux que moi, cadavre ! »

Raimbaut traîne son mort, et murmure :

« O mort, je cours, je cours, et c'est pour en arriver là, comme toi, pour me faire tirer par les talons. C'est donc si peu de chose cette ardeur qui m'emporte, et cette rage de batailles et d'amours, quand on les voit là d'où regardent tes yeux révulsés, ta tête renversée qui brinqueballe sur les cailloux ? Je le sais, ô mort, c'est toi qui me le fais savoir. Et après ? Après, rien. Il n'est pour nous d'autres journées que ces journées qui nous mènent à notre tombe, pour nous, vivants, et pour vous aussi, morts. Qu'il me soit donné de ne point les dépenser vainement, de ne rien laisser perdre de tout ce que je suis, de tout ce que je pourrais être. D'accomplir des actions illustres dans l'armée des Francs. Et, serré dans ses bras, de serrer dans les miens la fière Bradamante. Mort, j'espère que tu fis aussi bon usage de tes jours. N'im-

porte, pour toi les dés sont jetés désormais. Pour moi, ils
en sont encore à voltiger dans le gobelet. Et ce que
j'aime, ô mort, c'est mon tourment, non ton repos. »


Gourdoulou, en chantonnant, s'apprête à creuser la
fosse de son mort. Il l'allonge sur le sol afin d'en prendre
mesure, marque les limites avec sa bêche, le tire un peu
sur le côté, puis se met à fouir énergiquement.

— Mort, j'y pense, à rester comme ça à attendre, tu
dois t'embêter !

Il retourne le corps sur le flanc, la figure vers le trou, de
manière qu'il ait l'œil vers lui qui creuse.

— Mort, c'est pas pour dire, un petit coup de bêche de
temps en temps, ça ne te tuerait pas...

Il le redresse, essaie de lui mettre l'outil entre les
mains. L'autre s'écroule.

— C'est bon. Tu n'es pas de force. Eh bien, c'est
entendu, je creuserai ; après, toi, tu rempliras la fosse.

La fosse est ouverte : mais, avec cette façon bizarre
qu'a Gourdoulou de manier la bêche, elle a une forme
irrégulière, le fond est concave. L'envie prend Gourdoulou de l'essayer. Il y descend et s'allonge.

— Oh ! ce qu'on est bien, ce qu'on est tranquille là-
dedans ! Oh ! que cette terre est moelleuse ! Qu'il fait bon
s'y rouler ! Mort, descends, viens juger par toi-même, tu
vas voir quelle belle fosse je t'ai creusée !

Mais il réfléchit :

— Après tout, puisqu'il est entendu que c'est toi qui
dois garnir la fosse, mieux vaut que moi je reste là,
pendant que tu me feras tomber la terre dessus avec la
pelle !

Il attend un moment.

— Allez ! Remue-toi ! C'est pourtant pas difficile ! Là,
comme ça !

Et, allongé dans le trou, il essaie, en soulevant sa bêche, de faire glisser la terre dans le fond. Tout le tas lui dégringole sur le corps.

Agilulfe et Raimbaut entendirent un hurlement étouffé, qui pouvait être d'épouvante, ou bien de plaisir à se voir si proprement enseveli. Ils arrivèrent juste à temps pour exhumer Gourdoulou entièrement enfoui sous la terre, et bien près de périr étouffé.

Le chevalier jugea l'ouvrage de Gourdoulou mal fait, celui de Raimbaut insuffisant. Lui, en revanche, avait tracé un gentil petit cimetière qui alignait, de part et d'autre d'une allée, les bords des fosses exactement rectangulaires.

Le soir, sur le chemin du retour, ils vinrent à passer dans une clairière de la forêt où les charpentiers de l'armée franque s'approvisionnaient en troncs pour leurs machines de guerre et en bois à brûler.

— A présent, Gourdoulou, tu vas faire du bois.

Mais Gourdoulou, avec sa hachette, cognait au petit bonheur, et mettait dans un même fagot les poignées de buissons secs, le bois vert, les touffes de capillaire, les branches d'arbousier et les rouleaux d'écorce habillés de mousse.

Agilulge contrôlait le travail accompli par la cognée des bûcherons, leur outillage, les piles de rondins, tout en exposant à Raimbaut les responsabilités d'un paladin touchant l'approvisionnement en bois. Raimbaut n'écoutait pas ; depuis longtemps une question lui brûlait la langue. La promenade en compagnie d'Agilulfe allait s'achever, et cette question, il ne la lui avait pas encore posée. Brusquement, il l'interrompit :

— Chevalier Agilulfe ?

— Qu'est-ce que tu veux ? demanda Agilulfe occupé à manœuvrer les cognées.

Le garçon ne savait trop par quel bout commencer ; il était incapable d'inventer des prétextes pour en arriver à l'unique question qui lui tînt à cœur. Alors, tout rougissant, il lâcha :

— Est-ce que vous connaissez Bradamante ?

A ce nom, Gourdoulou, qui s'avançait en serrant contre sa poitrine un de ses fagots hétéroclites, fit une cabriole. Dans l'air s'éparpilla une nuée de brindilles, de tiges fleuries de chèvrefeuille, de baies de genévrier et de rameaux de troène.

Agilulfe avait à la main une bipenne au tranchant incroyablement affilé. Il la brandit, prit son élan, l'abattit contre le fût d'un chêne. La hache traversa l'arbre de part en part ; le coup avait été si précis que le fût, ainsi tranché, ne chancela même pas sur sa base.

— Qu'avez-vous, chevalier Agilulfe ? s'écria Raimbaut dans un sursaut d'épouvante. Qu'est-ce qui vous a pris ?

Maintenant Agilulfe, les bras croisés, faisait le tour de l'arbre et, lentement, l'examinait.

— Tu vois ? dit-il au jeune homme. Un coup net, pas la moindre oscillation. Regarde l'entaille, comme elle est droite.

## VI

Cette histoire que j'ai entrepris de conter, je ne l'imaginais pas si difficile. Voici qu'il me faut peindre le plus terrible entre tous les égarements des mortels : cette passion d'amour dont, pour ma part, les vœux, le cloître et une native pudeur m'ont jusqu'à présent gardée. Je ne dis pas que je n'en ai jamais entendu parler, au contraire ; dans notre couvent, à seule fin de nous tenir en éveil contre la tentation, de temps en temps nous nous mettons à deviser de ces choses, dans la mesure où nous pouvons le faire, avec l'idée bien vague que nous en avons... Quand nous tenons cette sorte de causerie, c'est en général que l'une d'entre nous, pauvre petite, a été mise enceinte par défaut d'expérience ; ou bien encore, enlevée par quelque puissant narguant la colère divine, elle revient nous raconter tout ce qu'on lui a fait subir. Donc, il en ira de l'amour comme de la guerre : je dirai tant bien que mal le peu que l'imagination m'en fait voir. L'art de faire un conte est là tout entier, dans ce don de tirer, du petit quelque chose qu'on a pu saisir de la vie, tout le reste ; on noircit la page, puis on retourne à la vie, pour s'apercevoir que ce que l'on en pouvait connaître était au fond si peu que rien.

Et Bradamante, en connaissait-elle davantage ? Après toute cette existence d'amazone enrégimentée, une profonde insatisfaction s'était fait jour dans son âme. Ce qui

l'avait jetée dans le métier de chevalerie, c'était le désir
de tout ce qui est austère, exact, rigoureux, plié à une
règle morale ; et, dans le maniement des armes ou la
conduite des chevaux, le goût d'une extrême précision de
mouvements. Mais en réalité... Elle était environnée de
gros bonshommes suants, qui faisaient la guerre à l'es-
broufe, d'une manière approximative et négligente. Hors
des heures de service, ils passaient leur temps à prendre
des cuites ou à se traîner derrière elle, en vrais lourdauds,
avec une seule idée en tête : savoir lequel d'entre eux elle
emmènerait dans sa tente pour la nuit. La chevalerie est
une belle chose, c'est entendu ; mais tous ces chevaliers
sont une bande de grands nigauds, habitués à accomplir
de hauts faits d'armes sans chercher la petite bête, quand
ça réussit tant mieux. Dans la mesure du possible, ils
tâchent de s'en tenir à ces règles sacro-saintes qu'ils ont
fait serment d'observer : elles sont bien codifiées, elles
leur ôtent le souci de réfléchir. La guerre, en définitive,
c'est moitié boucherie, moitié train-train ; pas la peine d'y
regarder de si près.

   Bradamante, au fond, était à l'image des autres : peut-
être bien que toutes ses aspirations, ses idées d'austérité
et de rigueur, elle ne se les était mises en tête que pour
contrarier sa vraie nature. Par exemple, il n'y avait pas
plus souillon qu'elle dans toute l'armée de France. Sa
tente était la plus mal rangée de tout le cantonnement,
c'est vous dire... Tandis que les hommes, les pauvres, se
débrouillaient, même dans ces menus travaux qui sont le
lot des femmes : laver le linge, faire des reprises, balayer
par terre, ôter du chemin les objets qui ne servent pas,
Bradamante, élevée comme une princesse, constamment
gâtée, laissait tout en l'état. Sans toutes ces vieilles
lavandières et ces maritornes qui sont toujours à traînas-
ser autour des régiments — des ribaudes, de la première à
la dernière — sa tente fût devenue une vraie porcherie.
Qu'importe, elle n'y était jamais : sa journée commençait

au moment de revêtir la cuirasse et de monter en selle. De fait, sitôt qu'elle avait endossé son armure, elle n'était plus la même ; elle étincelait de la cime du heaume jusqu'aux jambières, montrait avec ostentation l'équipement le plus perfectionné et le plus élégant du monde : le haubert, en particulier, tout parsemé de bouffettes de rubans couleur pervenche. Ah ! gare aux serviteurs, si l'une d'elles n'était pas à sa place ! Dans cette obstination à être, sur le champ de bataille, toujours la plus resplendissante, elle mettait, plutôt qu'une vanité féminine, un perpétuel défi aux autres paladins, l'affirmation d'une supériorité, une morgue provocante. De tous les guerriers, qu'ils fussent amis ou adversaires, elle exigeait un raffinement dans la tenue et dans le maniement des armes, qui lui semblait être la marque d'un égal raffinement de l'âme. Et s'il lui arrivait de rencontrer un champion qui lui parût répondre, dans quelque mesure, à ses exigences, alors se réveillait la femme aux vigoureux appétits sensuels. Sur ce point-là aussi, on prétendait qu'elle manquait totalement à son idéal de rigueur : il y avait en elle une amoureuse à la fois tendre et frénétique. Mais si jamais son partenaire s'avisait de la suivre sur cette voie, se laissait emporter, perdait le contrôle de soi-même, alors, aussitôt, fini l'amour ! Et elle se mettait en quête de tempéraments plus adamantins. Mais où diable les trouver, désormais ? Aucun des champions chrétiens ou infidèles n'avait gardé prestige à ses yeux : pas un seul dont elle n'eût découvert la veulerie ou la sottise.

Elle s'exerçait au tir à l'arc, sur le terrain, devant sa tente. Raimbaut qui s'était mis, le cœur battant, à sa recherche, vit pour la première fois sa figure. Bradamante portait une courte tunique légère, les bras nus bandaient l'arc, et cet effort mettait une ombre sur le visage ; les

cheveux noués sur la nuque retombaient en une longue
queue éparpillée sur les épaules. Mais le regard de
Raimbaut ne s'arrêta à aucune observation de détail : il
vit tout ensemble la femme, la forme de son corps, la
couleur de sa peau ; et ce ne pouvait être qu'elle, celle
que, sans l'avoir encore vraiment vue, désespérément il
désirait ; déjà, pour lui, elle ne pouvait être différente.

La flèche décochée vint s'enfoncer dans le poteau qui
servait de cible, exactement à la même hauteur que trois
autres qu'elle y avait déjà plantées.

— Je te défierai à l'arc ! s'écria Raimbaut, courant vers
elle.

Ainsi, depuis toujours, le jeune homme court vers la
femme : mais qui l'entraîne ainsi ? Est-ce bien l'amour
qu'elle lui inspire ? N'est-ce pas plutôt l'amour qu'il se
porte à lui-même, la quête d'une assurance d'exister que
seule la femme peut lui fournir ? Le jeune homme vole,
l'amour au cœur, doutant de lui-même, désespéré dans
son bonheur : à ses yeux, la femme est cette présence
incontestable qui seule peut lui donner la preuve désirée.
Or voilà que cette femme aussi, elle est là et elle n'y est
pas : elle se tient debout devant lui, comme lui anxieuse
et mal assurée ; comment le garçon ne s'en aperçoit-il
pas ? A quoi bon chercher lequel des deux est le plus fort
ou le plus faible ? Ils sont au même point. Mais le jeune
homme n'en sait rien, parce qu'il n'en veut rien savoir : ce
qu'il désire avidement, c'est cette femme-là, la femme
indubitable. Elle, au contraire, elle sait ceci, plus ou
moins ; de toute façon, ce qu'elle sait n'est pas ce que lui
croit ; ce qu'elle veut être en ce moment n'est pas ce qu'il
imagine ; ils font ensemble un concours de tir à l'arc ; elle
le moque, elle n'apprécie rien de ce qu'il fait ; il ne sait
pas que c'est pour rire. Autour d'eux, les pavillons de
l'armée de France, les bannières claquent au vent, les
chevaux alignés qui mâchent enfin leur avoine. Les
serviteurs dressent la table des paladins et ceux-ci, en

attendant l'heure du repas, forment de petits groupes, regardent Bradamante tirer à l'arc avec ce gamin. Bradamante observe :

— Tu touches la cible, mais toujours par hasard.

— Pas hasard ! Je n'ai pas raté une seule flèche !

— Tu aurais beau tirer cent flèches, et n'en rater aucune, ça serait encore par hasard !

— Mais, dans ces conditions, qu'est-ce qu'on fait pas-par-hasard ? Trouve-m'en un qui réussisse à réussir pas-par-hasard !

A la limite du camp, Agilulfe allait d'un grave pas ; sur son armure blanche flottait un long manteau noir ; il passait par là avec l'air de quelqu'un qui se retient de regarder, mais qui sait que les autres le regardent, et se croit obligé de bien marquer que peu importe — quand en réalité il lui importe beaucoup, mais si, seulement pas de la façon que les autres pourraient croire.

— Chevalier, viens donc montrer comment on fait...

La voix de Bradamante n'avait plus son habituelle intonation de mépris ; le port même avait perdu quelque peu de sa superbe. Elle avait fait deux pas à la rencontre d'Agilulfe et lui tendait l'arc où une flèche était déjà encochée.

Lentement Agilulfe s'approcha, empoigna l'arme, rejeta en arrière un pan de son manteau, avança un pied, recula l'autre et, allongeant ses bras, tendit l'arc. Ses mouvements n'étaient point ceux de muscles et de nerfs qui s'ajustent et se tendent vers un but : il mettait en place l'exacte somme d'énergie, selon un arrangement déterminé, bloquait la pointe du trait sur la ligne invisible du but, bandait l'arc juste ce qu'il fallait, pas plus, et lâchait la corde. La flèche n'avait plus qu'à atteindre la cible. Bradamante s'écria :

— Voilà, ça c'est un tir !

Pour Agilulfe, la chose était sans conséquence, il restait là, serrant dans ses mains de fer immobiles l'arc encore vibrant. Puis il le laissa tomber, se replia sous son manteau dont ses poings maintenaient les pans serrés contre le pectoral de la cuirasse ; et le voilà parti. Il n'avait rien à dire, et il n'avait rien dit.

Bradamante ramassa l'arc et l'éleva en l'air au bout de ses bras tendus ; sa longue chevelure roulait sur ses épaules.

— Ah ! qui d'autre, qui d'autre saura jamais tirer à l'arc avec autant de sûreté ? Qui donc pourra jamais être, comme lui, précis et dans chacun de ses gestes irréprochable ?

Tout en parlant, elle écrasait à grands coups de pied les mottes d'herbe, brisait ses flèches contre la palissade. Agilulfe était loin déjà et marchait sans se retourner, comme voûté, le cimier irisé penché en avant, les poings serrés sur le pectoral ; derrière lui traînait son manteau noir.

Quelques-uns des soldats qui se trouvaient rassemblés là autour s'assirent dans l'herbe afin de jouir plus commodément du spectacle : Bradamante folle de rage.

— Du jour où il lui a pris cette passion pour Agilulfe, la malheureuse, elle est devenue toute drôle...

— Quoi ? Qu'est-ce que vous racontez ?

Raimbaut avait saisi la phrase au vol : il empoigna par le bras celui qui venait de parler.

— Hé oui, puceau, tu peux toujours bomber le torse avec notre paladine ! Elle, à présent, ce qu'il lui faut, c'est une armure bien récurée, au-dedans comme au-dehors ! Tu ne sais donc pas qu'elle est amoureuse d'Agilulfe, amoureuse à en perdre la tête ?

— Enfin, c'est pas possible... Agilulfe... Bradamante... Comment ça se fait ?

— Ça se fait que quand une femme s'est passé l'envie de tous les hommes qui existent, la seule envie qui lui reste est celle d'un homme qui n'existe pas, mais pas du tout...

C'était devenu désormais chez Raimbaut un mouvement naturel : chaque fois qu'il se sentait désemparé, déprimé, il souhaitait vivement rencontrer le chevalier à la blanche armure. Il le souhaita cette fois-là encore, sans savoir si c'était, à son habitude, pour lui demander conseil, ou bien déjà pour le défier comme un rival.

Bradamante était en butte aux quolibets de ses compagnons d'armes :

— Hé, la rousse, tu trouves pas qu'il fait un peu gringalet pour le plumard ?

Sa voir réduite à ce point, une Bradamante ! Ce devait être bien cruel : pensez donc si naguère ils auraient eu le front de lui parler sur ce ton-là !

— Dis un peu, insistaient ces impertinents, si tu le mets tout nu, qu'est-ce qui te reste dans les mains ?

Et ils riaient d'un rire gras.

Entendre parler ainsi de Bradamante ! Entendre parler ainsi de son chevalier ! Raimbaut souffrait doublement. Et puis s'apercevoir que, dans toute cette affaire, il comptait pour moins que rien, qu'il était en dehors du coup entièrement, n'y avait-il pas de quoi le mettre en fureur ! Souffrance et colère se mêlaient, il ne savait plus où donner de la tête.

Bradamante à présent s'était armée d'une cravache ; rien qu'à l'entendre siffler, les badauds se dispersèrent, Raimbaut y compris.

— Dites-vous bien que Bradamante est assez femme pour faire faire à n'importe quel homme tout ce qu'il a à faire !

Les autres couraient, en braillant :

— Hi ! Hi ! Hi ! Si tu veux qu'on lui prête quelque chose de ce qu'on a, hi ! hi ! Bradamà, tu n'as qu'à le dire !

Raimbaut, pris dans la bousculade, suivit le cortège des
guerriers désœuvrés ; au bout d'un moment la bande
s'éparpilla. Que faire ? Retourner auprès de Bradamante ? Non, il n'en avait plus envie. Quant à la
compagnie d'Agilulfe, désormais, elle ne lui eût procuré
que malaise. Le hasard le fit se trouver à côté d'un autre
jeune homme, appelé Torrismond, le fils cadet des ducs
de Cornouaille ; ce compagnon marchait les yeux baissés
à terre, la mine sombre, en sifflotant. Ils firent un bout de
chemin ensemble ; ils ne se connaissaient pour ainsi dire
pas, mais Raimbaut sentait le besoin de vider son cœur : il
engagea la conversation.

— Je ne suis pas depuis longtemps ici, mais je ne sais
pas, ça n'est pas du tout ce que je croyais, tout vous
échappe, on ne sait jamais où on en est, on n'y comprend
rien...

Torrismond, sans relever les yeux, interrompit un
instant son sifflotis, et grogna :

— Tout ça m'écœure !

— Heu... tu vois, répondit Raimbaut, moi, quand
même, je ne serais pas aussi pessimiste... Il y a des
moments où je me sens plein d'enthousiasme, d'admiration, je dirais même... Je crois comprendre, et je me dis :
enfin, c'est pas trop tôt... Bon, si j'ai fini par trouver le
moyen de voir les choses sous le bon angle, si la guerre
dans l'armée franque se passe toujours de cette façon,
alors c'est exactement ce que j'avais rêvé. Mais penses-
tu ! On ne peut jamais être sûr de rien...

— Et de quoi veux-tu être sûr ? interrompit Torrismond.
Les décorations, les grades, le cérémonial, les titres...
Tout ça c'est du chiqué ! Tous ces beaux écus, avec les
exploits et les devises des paladins, tu crois qu'ils sont en
fer ? C'est du carton ! On y passerait le doigt au travers !

Ils étaient arrivés près d'un étang. Sur les cailloux du
bord, les grenouilles sautillaient en coassant. Torrismond,
tourné dans la direction du camp, indiquait les gonfanons

flottant très haut au-dessus des palissades, et faisait le geste d'effacer tout ce décor.

— Pourtant, l'armée impériale...

Raimbaut n'était plus d'accord. Son récent mouvement d'amertume se bloquait devant tant de frénésie négatrice. Il luttait à présent contre pareille démesure, afin de conserver à ses propres tourments un peu de champ.

— ... L'armée impériale, tout de même, il faut bien le reconnaître, combat pour une cause sainte, elle défend la Chrétienté contre les infidèles.

— Elle défend, elle défend quoi ? Personne ne défend, personne n'attaque... Rien n'a de sens. La guerre durera jusqu'à la consommation des siècles, il n'y aura ni vainqueur ni vaincu, nous resterons là, plantés les uns en face des autres, pour l'éternité. Sans celui d'en face, personne ne serait plus rien ; déjà, au point où nous en sommes, chacun a oublié la raison pour laquelle il se bat... Tiens, tu entends ces grenouilles ? Eh bien, ce que nous faisons a à peu près autant de sens et de logique que tous leurs crâ crâ, et leurs gambades du bord dans l'eau et de l'eau sur le bord...

— Ça n'est pas ainsi que je vois les choses. Pour moi, au contraire, tout est beaucoup trop compartimenté, trop de règlements... Je vois bien des qualités d'âme, de la vaillance, mais tout manque tellement de chaleur... Dire qu'il y a dans cette armée un chevalier qui n'existe pas ! Rien que d'y penser, je t'avoue, j'ai froid dans le dos... Et pourtant je l'admire, il fait tout à la perfection, il inspire davantage de confiance que s'il y était réellement. « Pour un peu » Raimbaut rougit « je comprendrais Brada-mante... Cet Agilulfe est sans conteste le meilleur pala-din de toute l'armée...

— Pouah !

— Comment : pouah ?

— C'est une attrape, lui aussi, pire encore que le reste !

— Une attrape ? Et pourquoi ? Tout ce qu'il fait, il le
fait pour de bon.

— Allons donc ! Tout ça c'est du bidon... Il n'y a rien,
ni lui, ni les choses qu'il fait, ni les choses qu'il dit, tout ça
n'est rien de rien...

— Et dans ces conditions, avec le handicap qu'il a vis-
à-vis des collègues, comment pourrait-il tenir pareille
place dans l'armée de Charlemagne ? A cause de son nom
uniquement ?

Torrismond resta un instant silencieux, puis murmura :

— Ici, même les noms sont faux. Si je voulais, je
balaierais tout ce château de cartes ! Il ne nous reste pas
même un bout de terre où poser les pieds.

— Alors, il n'est rien qui puisse être sauvé ?

— Si, peut-être... Loin d'ici.

— Par qui ? Où ça ?

— Les chevaliers du Saint-Graal.

— Et où sont-ils ?

— Dans les forêts d'Ecosse.

— Tu les as vus ?

— Non.

— Et comment peux-tu savoir ?

— Je sais.

Ils se turent. On n'entendit plus que le coassement des
grenouilles. Raimbaut eut peur, soudain, que ces crâ crâ
ne lui fissent oublier tout le reste ; peur de se voir englouti
dans une onde verte et flasque où palpiteraient des
branchies aveugles. Et puis il se rappela Bradamante,
telle qu'elle lui était apparue dans la bataille, l'épée levée,
et déjà c'en était fini de son inquiétude. Ah ! vienne enfin
le moment de se battre, et d'accomplir mille prouesses
sous le regard de ses yeux d'émeraude !

## VII

Chacune de nous, au couvent, se voit attribuer une pénitence particulière, un moyen approprié de faire son salut. A moi est échue la tâche d'écrire des histoires : elle est lourde, si vous saviez ! Dehors, c'est l'été brûlant de soleil ; une rumeur de voix et d'eaux courantes s'élève de la vallée. Ma cellule est tout en haut, sous les combles ; à travers la lucarne, j'aperçois la courbe du fleuve où de jeunes villageois nus se baignent ; un peu plus loin, derrière un bouquet de saules, des filles qui, elles aussi ont retiré leurs vêtements et descendent vers la rive. Un des garçons qui nageait sous l'eau vient juste de sortir la tête pour les regarder ; les filles se le montrent en poussant des cris. Dire que je pourrais être là-bas, moi aussi, en aimable compagnie, avec des jeunes gens de ma condition, avec mes dames et mes valets ! Hélas, notre sainte vocation nous commande d'oublier les joies furtives de ce monde pour quelque chose qui ne passe pas. Qui ne passe pas... Comme si ce livre même, et tous nos gestes de piété, accomplis d'un cœur de cendre, n'étaient pas déjà cendre eux aussi... Cendre, comme jamais ne le seront ces gestes sensuels, là-bas, dans le fleuve, ces gestes où la vie palpite et se propage comme cercles sur l'eau... On se met à écrire avec élan, et puis il vient une heure où notre plume ne gratte plus qu'une encre poudreuse, où ne circule plus une goutte de vie ; la vie est tout entière en allée, elle est au-delà, au-delà de cette fenêtre, au-delà de nous-mêmes ; alors, il semble que plus jamais on ne pourra chercher refuge dans la page qu'on

écrit, ouvrir à travers elle un univers autre, et, d'un bond,
s'y jeter. Peut-être cela vaut-il mieux ; peut-être, quand
on écrivait de bon cœur, ce n'était miracle ni grâce, mais
simplement péché, orgueil, idolâtrie... Donc, j'en suis
affranchie ? Non pas ; à ce métier d'écrire, au lieu de me
rendre meilleure, j'ai seulement dilapidé un peu d'impa-
tiente insoucieuse jeunesse. Que me vaudront ces pages
malcontentes ? Livre et vœux, cela ne vaudra qu'autant
que tu vaux. Il n'est pas dit qu'en écrivant on assure le
salut de son âme. On écrit, on écrit, et déjà notre âme est
perdue.

Alors vous voudriez que j'aille trouver la Mère Supérieure ? Que je lui demande de me donner un autre
ouvrage, de m'envoyer tirer l'eau du puits, filer le
chanvre, écosser les pois chiches ? Ça ne changerait rien.
Je persévérerais dans mon emploi de nonnain livrière, du
mieux que je pourrais. A présent, il me faut raconter le
banquet des paladins.


Contrairement aux prescriptions du protocole impérial,
Charlemagne va s'asseoir à table avant l'heure, quand
aucun de ses commensaux n'est encore arrivé. Le voilà
qui s'installe et commence à grappiller de-ci de-là du pain,
du fromage, des olives ou des poivrons, bref tout ce qui
déjà a été posé sur la nappe. Et par-dessus le marché, il se
sert avec ses doigts. Souvent le pouvoir absolu fait perdre
toute retenue aux princes les plus sages et engendre le
despotisme.

Au bout d'un moment, les paladins commencent à
arriver, par petits groupes, dans leurs beaux uniformes de
gala couverts de brocart et de dentelles, sous lesquels on
entrevoit bien les mailles d'acier des haubers, mais des
mailles très, très lâches, ou un bout de cuirasse — de
celles qu'on porte à la promenade, miroitantes comme le

cristal, que le moindre coup d'estoc fait voler en éclats. D'abord Roland, qui se place à la droite de son oncle ; puis Renaud de Montauban, Astolphe, Angelet de Bayonne, Richard de Normandie, et tous les autres.

A une extrémité de la table siège Agilulfe, toujours vêtu de son armure de combat immaculée. Que peut-il bien faire à table, lui qui jamais n'a eu, ni n'aura d'appétit, d'estomac à caler, de bouche où enfoncer une fourchette, ou de gosier à arroser de vin de Bourgogne ? Toujours est-il que pas une seule fois il ne manque à ces festins qui durent des heures entières, lui qui pourtant saurait en faire un bien meilleur usage en les consacrant aux besoins du service... Oui, mais voilà : il a droit comme tous ses collègues à une place à la table de l'empereur, il l'occupe. Et il s'acquitte du banquet avec le même soin tatillon qu'il applique à tout autre point du cérémonial journalier.

Les plats ? Ce sont ceux qu'on sert habituellement à l'armée : dinde farcie, bœuf braisé, oie à la broche, cochons de lait, anguilles et dorades. Les serviteurs viennent à peine de présenter les grands plateaux que les paladins se jettent dessus ; les mains se tendent, empoignent, démembrent ; le jus barbouille les cuirasses ; la sauce gicle dans tous les coins. La mêlée est plus grande encore que pendant la bataille : soupières culbutées, poulets rôtis qui fendent l'air ; et les valets de faire disparaître au plus vite les plats du service, avant que quelque goinfre n'en vide le contenu dans son écuelle.

Dans le coin de table où se tient Agilulfe, tout se déroule au contraire le plus proprement du monde, dans le calme et la discipline. Seulement, il faut un plus grand déploiement de valetaille, pour lui qui ne mange pas, que pour tout le reste des convives. Première chose : tandis que, partout ailleurs, il y a un tel entassement de couverts sales que, d'un service à l'autre, ce n'est guère la peine de les changer — chacun mange là où ça tombe, au besoin à

même la nappe — Agilulfe, lui, ne cesse de réclamer
qu'on dispose devant lui des couverts propres : des
assiettes plates, des assiettes creuses, des plats de toutes
dimensions, des soucoupes, des hanaps de forme et de
contenance diverses, des fourchettes, des cuillers, des
grandes, des petites, des couteaux, et gare s'ils ne sont pas
bien affûtés ! Ça n'arrête pas. Sans compte qu'il ne badine
guère sur le chapitre de la propreté : la moindre petite
buée sur une coupe ou une assiette, et hop ! remportez-
moi ça ! En plus, il se sert de chaque mets : pas beaucoup
à la fois, mais il se sert. Il s'attaque à tous les plats. Le
voici par exemple qui découpe une fine tranche de
sanglier rôti ; dans un plat il met la viande, dans une
soucoupe un peu de jus ; après quoi, à l'aide d'un couteau
tranchant comme un rasoir, il découpe une quantité de
lamelles très minces qu'il fait glisser, l'une après l'autre,
dans un troisième récipient ; là, il les arrose avec la sauce,
jusqu'à ce qu'elles soient dûment imprégnées ; celles qui
sont assaisonnées, il les dépose dans un nouveau plat ; de
temps en temps, il fait signe à un serviteur d'enlever ce
plat et d'en apporter un propre à la place. Il s'escrime
ainsi pendant des demi-heures entières. Ne parlons pas du
poulet, du faisan ou des grives : c'est un travail de longue
haleine, car il n'y touche jamais autrement qu'avec la
pointe de certains petits couteaux spéciaux qu'on lui
fournit pour cet usage ; il en change plusieurs fois avant
d'arriver à détacher d'un dernier petit osselet une dernière petite pellicule de viande qui lui tenait tête. Il se fait
verser du vin, aussi, et à tout bout de champ il le transvase
et le répartit entre les innombrables gobelets et petits
verres qu'il a devant lui, ou bien dans des hanaps où il
procède à des coupages ; quand il en a assez, il les tend à
un valet qui les emporte et les remplace par d'autres. Il
fait une grande consommation de pain : avec la mie il
confectionne sans arrêt de petites boulettes bien rondes,
bien calibrées qu'il arrange sur la nappe en un alignement

impeccable ; quant à la croûte, il la concasse, et, avec les miettes ainsi obtenues, édifie de petites pyramides ; au bout d'un moment, il se lasse de cette occupation, et donne aux domestiques l'ordre de lui nettoyer la nappe d'un léger coup de brosse. Et il recommence.

Dans tout son manège, il ne perd pas le fil de la conversation qui s'est engagée d'un bout de la table à l'autre, et s'y mêle toujours à propos.

De quoi parlent les paladins, pendant le repas ? Comme d'habitude, ils se vantent.

Ecoutez Roland :

— Je dois dire que la bataille d'Aspromont était en train de mal tourner, juste avant que je n'abatte en duel le roi Agolant et ne lui ravisse Durandal. Il serrait son épée tellement fort que, lorsque je lui eus tranché d'un seul coup le bras droit, son poing resta accroché au pommeau ! Il m'a fallu des tenailles pour l'en arracher.

Agilulfe intervient :

— Ça n'est point pour vous contredire, mais un rapport exact veut que Durandal ait été remise par l'ennemi au cours des pourparlers d'armistice, cinq jours après la bataille d'Aspromont. De fait, elle figure dans un catalogue d'armes légères cédées à l'armée franque, entre autres clauses du traité.

Renaud enchaîne :

— Bon, de toute façon, ça n'est rien à côté de ma Flamberge... Au passage des Pyrénées, vous savez, ce dragon que j'ai affronté, eh bien ! je l'ai pourfendu d'un seul coup de taille ! Or, vous n'ignorez pas que les dragons ont la peau plus dure que diamant !

Agilulfe place son mot :

— Voyons, tâchons de bien suivre l'ordre des faits... Le passage des Pyrénées, c'était en avril, et en avril, comme chacun sait, les dragons font peau neuve ; ils sont mous et tendres comme nourrissons.

Et les paladins :

— Bien, bien, ça va, ce jour-là ou un autre... Si ça n'était pas à cet endroit, c'était ailleurs ; qu'est-ce que ça peut bien changer, du moment que les choses se sont passées de la sorte... A toujours vouloir couper les cheveux en quatre...

N'empêche, ils étaient agacés. Au diable cet Agilulfe qui se souvenait toujours de tout, qui, à propos de chaque fait, venait vous citer des documents ! Même quand une action d'éclat était bien célèbre, admise par tout le monde, reconstituée dans le moindre détail par ceux qui ne l'avaient jamais vue, eh bien non, lui il fallait qu'il la réduise à une banale affaire de routine, de celles qu'on signale le soir à l'état-major du régiment ! Depuis que le monde est monde, entre la guerre que l'on fait et celle qu'on raconte, il y a toujours un léger décalage. Mais après tout, dans une existence d'homme de guerre, qu'un événement se soit ou non produit, peu importe. Ce qui compte, c'est la personnalité, la vaillance, une certaine continuité dans la façon d'agir ; cela suffit à garantir que, même si les choses ne se sont pas passées point par point comme on le raconte, du moins elles auraient fort bien pu et pourraient encore se passer de la sorte, en une circonstance analogue... Seulement voilà : cet Agilulfe n'a rien qui puisse donner un support à ses actions, réelles ou imaginaires. Ou bien elles sont consignées au jour le jour dans un procès verbal, inscrites sur les registres ; ou bien c'est le vide, le noir complet. Et il voudrait réduire au même point tous les collègues, ces baudruches gonflées de vin de Bordeaux, de rodomontades, de projets mis au passé sans avoir jamais été au présent, et de légendes qui, à force de se voir attribuées à tel ou tel, finissent toujours par trouver le personnage qui fait l'affaire.

De temps en temps, un paladin en appelle au témoignage de Charlemagne. Mais l'empereur, lui, il a fait tellement de guerres qu'il les mélange un peu toutes... Il

n'est même pas très sûr de se rappeler exactement celle à
laquelle il est en train de vaquer. La guerre, sa tâche à lui,
c'est de la faire et tout au plus de songer à celle qui
viendra ensuite. Quant aux guerres déjà faites, ma foi,
elles se sont passées comme elles ont pu... Dans ce que
racontent les chroniqueurs et les auteurs de chansons,
bien entendu, il y a à laisser plus qu'à prendre. On n'en
finirait pas, si l'empereur devait les écouter tous, et
fournir des rectificatifs ! Malgré tout, lorsque éclate
quelque esclandre qui risque d'avoir des répercussions sur
la hiérarchie militaire, sur l'attribution des grades, des
titres de noblesse ou des fiefs, le roi, alors, se doit de dire
son mot. Son mot, façon de parler, évidemment : car,
dans ces cas-là, la volonté de Charlemagne ne pèse pas
lourd ; il s'agit d'apprécier les conséquences, de juger sur
les preuves dont on dispose, de faire respecter des lois et
des usages. Aussi bien, chaque fois qu'on l'interpelle, il
hausse les épaules, se cantonne dans les généralités ; au
besoin, il s'en tire avec un : « Eh ! Eh ! Sait-on jamais...
Temps de guerre, plus de cailloux que de terre... »

En somme, il se défile. Ah ! ce bougre de chevalier
Agilulfe des Guildivernes qui n'arrête pas de rouler des
boulettes de pain, et d'épiloguer sur des événements qui
— même rapportés selon une version un peu approximative — n'en sont pas moins d'authentiques titres de gloire
de l'armée franque, Charlemagne ne demanderait pas
mieux que de lui flanquer quelque corvée bien assom-
mante ! Mais il paraît que les tâches les plus rebutantes
sont pour lui autant d'occasions de faire du zèle, alors à
quoi bon ?


— Mon cher Agilulfe, intervint donc Olivier, je
m'étonne que tu t'attardes à ces subtilités. L'éclat même
de nos prouesses tend à grandir dans la mémoire des

peuples ; cela prouve que nous tenons une gloire de bon aloi, et les titres et les grades que nous avons conquis n'en sont que mieux établis.

Agilulfe répondit du tac au tac :

— Pas les miens ! Chacun de mes titres, chacune de mes qualités, je les tiens d'actions dûment certifiées, corroborées par des documents irréfutables !

— Mon œil ! dit une voix.

— Celui qui a parlé ainsi me rendra raison !

Agilulfe s'était dressé.

— Allons, du calme, sois gentil, firent les autres. Toi qui trouves toujours à critiquer dans les exploits des camarades, tu ne peux pas empêcher qu'on chipote un peu sur les tiens...

— Je n'insulte personne, moi ; je me borne à préciser certains faits : le lieu, la date, avec preuves à l'appui !

— C'est moi qui ai parlé. Moi aussi, je vais préciser.

Un jeune guerrier venait de se lever ; il était pâle.

— Je voudrais bien voir, Torrismond » c'était en effet Torrismond de Cornouaille « que tu découvres dans mon passé quelque chose de douteux ! Tu vas peut-être contester, par exemple, que j'ai été adoubé chevalier pour avoir, il y a quinze ans, jour pour jour, sauvé des violences de deux chenapans la fille du roi d'Ecosse, Sofronie ?

— Oui, je le contesterai : il y a quinze ans, Sofronie, fille du roi d'Ecosse, n'était pas vierge.

Une rumeur courut d'un bout à l'autre de la table. D'après le code chevaleresque en vigueur, celui qui avait préservé d'un péril certain l'innocence d'une demoiselle de haut parage devait être sur-le-champ adoubé : tandis que, pour avoir soustrait à cette sorte d'outrages une dame noble, mais non plus vierge, il était seulement prévu une citation à l'ordre du régiment, et solde triple pendant trois mois.

— Tu oses le soutenir ! Ainsi tu n'insultes pas seulement à ma dignité de chevalier, mais à l'honneur d'une dame placée sous la protection de mon épée ?

— Je le soutiens !

— Et les preuves ?

— Sofronie est ma mère !

Des cris de stupeur jaillirent de la poitrine des paladins. Ça alors ! Le jeune Torrismond n'était donc pas l'héritier des ducs de Cornouaille ?

— Oui, je fus mis au monde, il y a vingt ans de cela, par Sofronie, qui en avait treize », expliqua Torrismond. Et, fouillant sous son hoqueton, il montra un pendentif attaché à une chaînette d'or. « Voici le médaillon de la royale maison d'Ecosse.

Charlemagne, pendant tout ce temps, avait gardé le chef et la barbe penchés sur son assiette d'écrevisses ; le moment lui sembla venu de lever les yeux.

— Jeune chevalier, dit-il en donnant à sa voix le ton de la plus ferme autorité impériale, c'est grave, ce que vous avancez là, vous vous rendez compte ?

— Pleinement, répondit Torrismond. Pour moi, plus que pour quiconque.

Silence général : Torrismond désavouait sa parenté avec les ducs de Cornouaille, parenté qui lui avait valu, en tant que cadet, le titre de chevalier. S'avouer bâtard, fût-ce d'une princesse de sang royal, c'était courir le risque d'être chassé de l'armée.

Toutefois, l'enjeu était encore bien plus gros pour Agilulfe. Avant de rencontrer Sofronie aux prises avec des brigands et de préserver son innocence, qu'est-ce qu'il était ? Un pauvre guerrier anonyme, bouclé dans une armure blanche, qui courait le monde en quête d'aventures. Ou plutôt, ainsi qu'on n'avait pas tardé à l'apprendre, une blanche armure vide, sans guerrier dedans. Il avait eu la bonne fortune de secourir Sofronie, et par là acquis le droit d'être armé chevalier ; le comté de Sélimpie Cité-rieure se trouvait alors sans titulaire, on le lui avait donné. Le reste, son engagement dans l'armée, les citations, les grades, les titres qui lui avaient été décernés, n'était que la conséquence de cet heureux hasard. Une fois démontrée l'inexistence de la virginité de Sofronie par lui sauvegardée, tout, jusqu'à sa qualité de chevalier, s'en allait en fumée ; rien de ce qu'il avait accompli depuis ce jour n'avait plus aucune espèce de validité ; distinctions, prérogatives étaient abolies : toutes ses attributions devenaient inexistantes, autant que sa personne même.

— Encore toute gamine, racontait Torrismond, ma mère se trouva enceinte et, redoutant le courroux de ses parents lorsqu'ils viendraient à découvrir son état, s'enfuit du château des rois d'Ecosse et erra dans les montagnes environnantes. Elle me donna le jour en plein air, dans une brande et, jusqu'à l'âge de cinq ans, je vagabondai avec elle par les champs et les bosquets de l'Angleterre. Ah ! ces jours-là, je me les rappelle comme les plus beaux de ma vie ! Puis survint cet individu, fini le bon temps ! Je me souviens parfaitement. Ma mère était partie, comme à l'accoutumée, marauder les fruits dans les champs, me laissant la garde de notre cachette. Deux malandrins se trouvèrent sur sa route, et voulurent abuser d'elle. Qui sait s'ils n'auraient pas fini par s'accorder ? Ma mère souvent se plaignait de sa solitude... Mais voilà qu'arrive cette armure pleine de vent, il lui faut de la gloire, il débusque les brigands. Ayant reconnu en ma mère une fille de sang royal, il la prend sous sa protection, la conduit au manoir le plus proche, c'était celui des ducs de Cornouaille à qui il la confia. Et moi, pendant tout ce temps, je restais dans ma grotte, tout seul et l'estomac vide. Sofronie, aussitôt qu'elle put, révéla au duc l'existence de ce jeune fils qu'elle avait été contrainte d'abandonner. Armés de torches, des serviteurs finirent par me dénicher et m'amenèrent au château. Il fallait ménager la réputation de la famille d'Ecosse, à laquelle ceux de Cornouaille étaient plus ou moins apparentés : donc on m'adopta ; duc et duchesse me reconnurent pour leur fils. Dès lors, mon existence fut celle de tous les cadets de familles nobles : fastidieuse et grevée de contraintes. On ne me permit plus de voir ma mère, qui prit le voile dans quelque moutier retiré. Le poids accablant de mensonges accumulés qui a détourné ma vie de son cours naturel, je l'ai traîné jusqu'à ce jour. A présent, j'ai enfin réussi à dire la vérité. Quoi qu'il puisse advenir, pour moi ce sera toujours un progrès.

Entre-temps on avait servi le dessert : un énorme pain d'Espagne avec des couches superposées du plus appétissant effet. Pourtant, l'ébahissement provoqué par cette suite de révélations était tel que nulle fourchette n'osa se lever vers les bouches muettes.

— Et vous, là, qu'avez-vous à répondre dans toute cette histoire ?

Tout le monde nota que Charlemagne, en s'adressant à Agilulfe, n'avait pas dit : chevalier.

— Pures calomnies. Sofronie était pucelle. La fleur de son innocence est le gage certain de mon titre et de mon honneur.

— Cette innocence, vous nous la prouverez ?

— Je chercherai Sofronie.

— Et vous prétendez la retrouver telle quelle, après quinze années ? demanda Astolphe, goguenard. Le fer battu de nos cuirasses ne dure point si longtemps.

— Elle prit le voile, dès que je l'eus confiée à cette pieuse famille.

— En l'espace de quinze ans, par les temps qui courent, hum... Pas un couvent de la Chrétienté n'a échappé à la dispersion et au pillage. Chaque nonne a eu le temps de se voiler, dévoiler, revoiler au moins quatre ou cinq fois.

— Eh bien, la perte d'une chasteté suppose un ravisseur. Ce ravisseur, je le retrouverai, j'aurai son témoignage. Et nous saurons jusqu'à quelle date Sofronie est demeurée jeune fille.

— Je vous donne congé ; partez sur-le-champ, si vous le désirez, trancha l'empereur. Je suppose que maintenant rien ne saurait vous tenir plus à cœur que le droit de porter votre nom et vos armes ; or, ce droit est contesté. Si ce garçon dit vrai, je ne pourrai vous garder à mon service, je ne pourrai tenir aucun compte de vous, fût-ce pour l'arriéré de votre solde.

Et Charlemagne ne pouvait s'empêcher de donner à ses paroles un ton d'empressement satisfait, qui voulait dire : « Vous voyez, nous l'avons trouvé, le moyen de nous débarrasser de cet enquiquineur ! »

L'armure blanche, à présent, était toute penchée en avant, et jamais comme à cette minute, elle n'avait laissé deviner qu'elle était vide. La voix qui s'en échappait était à peine perceptible :

— Bien, mon empereur, je vais partir.

— Et vous ? » Charlemagne se tourna vers Torrismond. « Vous vous rendez compte qu'en vous reconnaissant né en dehors des liens du mariage, vous vous privez du rang à quoi vous donnait droit votre naissance ? Au moins, savez-vous un peu qui est votre père ? Avez-vous quelque chance d'être un jour reconnu par lui ?

— Jamais je ne pourrai être reconnu...

— Qu'est-ce que vous en savez ? Tout homme, parvenu à un âge avancé, sent le besoin d'équilibrer tant bien que mal le bilan de son existence... Tenez, moi, n'ai-je pas légitimé tous les enfants que j'avais eus de concubines ? Hé ! il y en avait un certain nombre ! D'ailleurs j'en ai sûrement reconnu qui n'étaient pas de moi...

— Mais mon père n'est point un homme.

— Hein ? Et qui serait-ce ? Belzébuth ?

— Non pas, Sire, dit Torrismond sans sourciller.

— Et qui donc ?

Torrismond s'avança jusqu'au centre de la grande salle, plia un genou en terre, leva les yeux au ciel et prononça :

— C'est la pieuse confrérie des Chevaliers du Saint-Graal !

Un murmure parcourut l'assemblée des convives. Plus d'un paladin se signa.

— Ma mère était une enfant un peu aventureuse, sans cesse à galoper au plus profond des forêts qui s'étendaient autour de notre château. Un beau jour, au milieu du bois, elle tomba sur les chevaliers du Saint-Graal. Ils campaient dans ce lieu perdu afin de fortifier leur esprit par la retraite. La petite prit plaisir à jouer avec les guerriers ; dès lors, chaque fois qu'elle arrivait à tromper la vigilance familiale, elle courait à leur campement. Au bout de peu de temps, de ces récréations puériles, elle revint enceinte.

Charlemagne demeura un instant songeur, puis observa :

— Les chevaliers du Saint-Graal ont tous fait vœu de chasteté : nul d'entre eux ne pourra jamais te reconnaître pour son fils.

— Oh ! d'ailleurs je ne le voudrais pas ! Ma mère ne m'a jamais parlé d'un chevalier en particulier, elle m'a toujours appris à vénérer comme un père la sainte Confrérie dans son ensemble.

— Eh bien, mais... conclut Charlemagne, la Confrérie, considérée dans son ensemble, ne paraît être liée par aucun vœu de ce genre. Donc, rien n'empêche que l'Ordre se reconnaisse auteur d'une créature. Voilà : tâche de rejoindre les Chevaliers du Graal, fais-toi admettre comme le fils de l'Ordre pris comme collectivité : les privilèges de la Confrérie sont tels que tes prérogatives militaires seraient celles-là mêmes dont tu bénéficiais comme cadet de famille noble.

— Je partirai, déclara Torrismond.

Veille de départs, ce soir-là, au camp des Français. Agilulfe s'équipa méticuleusement et prit grand soin de sa monture. L'écuyer Gourdoulou empoigna au petit bonheur couvertures, étrilles, gamelles, en fit un énorme tas qui l'empêchait de voir dans quelle direction il allait, prit la route opposée à celle de son maître et s'en fut au galop, éparpillant en chemin tout son bagage.

Personne n'était venu saluer Agilulfe au moment du départ ; personne, excepté quelques pauvres bougres, écuyers, valets d'écurie, apprentis forgerons qui, certes, ne faisaient pas tellement de différence entre celui-ci et les autres, mais s'étaient pourtant rendu compte que cet officier, assurément plus ennuyeux que ses collègues, était aussi plus malheureux. Les paladins s'abstinrent, prétextant qu'Agilulfe ne les avait point avertis de l'heure à laquelle il partirait. A vrai dire, ce n'était pas un simple prétexte : le chevalier, une fois sorti de la salle du festin, n'avait plus adressé la parole à personne. Sa disparition ne fut pas commentée : on répartit ses attributions de manière qu'aucun de ses emplois nombreux ne demeurât vacant. Quant au reste, l'absence du chevalier inexistant parut ne mériter, de l'avis de tous, qu'un profond silence.

La seule à en être émue, bouleversée même, fut Bradamante. Elle courut jusqu'à sa tente : « Allez, vite ! » Elle appela ses gouvernantes, ses bonnes, ses femmes de ménage : « Vite ! Vite ! » Les habits, les cuirasses, les lances et les pièces d'armure, tout volait en l'air : « Vite ! » Elle se déchaînait, non pas comme elle faisait d'habitude, en se déshabillant, ou quand elle était en colère : non, cette fois, c'était pour mettre de l'ordre, dresser l'inventaire des objets qui traînaient là, et s'en aller.

— Préparez-moi tout, je m'en vais, je m'en vais ! Je ne reste pas ici une minute de plus ! Il est parti, et c'était le seul par qui cette armée avait un sens ! C'était le seul qui pouvait donner un sens à ma vie, à ma bataille ! Lui parti, qu'est-ce qui reste ? Un ramassis de truands et de brutes, moi la première ! Vivre, désormais, ça n'est plus que se vautrer entre un lit et un cercueil ! Lui seul savait, dans tout cela, discerner l'ordonnance invisible, la géométrie secrète, la règle où se découvraient le principe et le terme !

Tout en monologuant ainsi, elle revêtait, pièce après pièce, sa belle armure de campagne avec la cotte couleur pervenche. En peu de temps elle fut prête, en selle. On l'eût prise pour un homme, n'était cette fière façon d'être viriles qu'ont les femmes qui sont vraiment femmes. Elle piqua son cheval, lui fit prendre le galop. Elle passait, défonçant les palissades, arrachant les cordes des tentes, culbutant les tréteaux des vendeurs de salami. Bientôt elle disparut dans un haut nuage de poussière.

Raimbaut vit cet épais tourbillon, Raimbaut qui courait à pied à sa recherche.

— Où t'en vas-tu, où t'en vas-tu, Bradamante ? Je viens vers toi, et tu t'enfuis !

Ainsi criait-il avec l'indignation obstinée de l'amoureux sûr de ses raisons . « Me voici, je suis jeune, débordant d'amour ! Comment se pourrait-il que mon amour ne lui plût pas ? Que cherche donc cette femme qui me repousse et ne veut pas m'aimer ? Que lui faut-il de plus que ce que je sens pouvoir et devoir lui donner ? »

Et le voilà tout enragé, incapable de voir clair en lui-même, tant et si bien qu'à un moment l'amour qu'il éprouvait d'elle devint pur amour de soi, de soi-même amoureux d'elle ; amour de tout ce que l'un à l'autre ils auraient pu être, de ce qu'ils n'étaient pas... Raimbaut, éperdu, se précipitait vers sa tente, préparait son cheval, ses armes, tout son fourniment, et levait le camp, lui aussi : car la guerre, on ne la fait pour de bon que lorsque, au milieu des lances pointées, on entrevoit une bouche de femme, et que toutes choses, blessure, poussière, odeur de chevaux, n'ont plus que le seul goût de ce sourire.

Torrismond à son tour partait ce même soir : lui aussi mélancolique, et le cœur plein d'espérance. Ce qu'il voulait retrouver, c'était la forêt, la grande forêt moite et ténébreuse de son enfance, et sa mère, et les jours passés dans la grotte ; et puis, au plus profond, la pieuse assemblée de ses pères montant la garde, tout armés, autour des feux d'un mystérieux bivouac. Ils étaient là, tout habillés de blanc, à l'endroit le plus touffu du bois, là où les branches basses effleurent presque les fougères, et où poussent de la terre grasse des champignons qui jamais ne voient le soleil.

Charlemagne s'était levé de table, les jambes lourdes ; il se dirigeait vers le pavillon royal. D'avoir entendu l'annonce de tous ces départs inopinés le faisait songer au temps passé, à d'autres départs, ceux d'Astolphe, de Renaud, de Guyon le Farouche, de Roland, pour des aventures qui s'en allaient finir dans les chansons des troubadours. Tandis qu'à présent, tous ces vétérans, pas moyen de les faire bouger de leur place, hors des strictes obligations du service !

« Allez, qu'ils courent, ils sont jeunes, qu'ils se donnent du mouvement ! » se disait Charlemagne. Croire que tout mouvement est un bien, c'est une manie d'homme d'action. Mais déjà perçait en lui l'amertume du vieillard qui souffre de voir disparaître les choses du bon vieux temps, et ne se réjouit guère de voir naître des temps nouveaux.

# VIII

Livre, voici le soir, je me suis mise à écrire plus lestement ; de la rivière, là-bas, on n'entend plus monter que le fracas de la cascade. Près de ma fenêtre, les chauves-souris volent en silence ; un chien aboie, des voix retentissent au fond des fenils. Tout bien réfléchi, notre Supérieure n'a pas si mal choisi ma pénitence : par moments, je découvre que ma plume s'est mise à courir à travers la feuille comme de son propre mouvement, et moi de galoper à sa poursuite. C'est vers la vérité que nous courons, ma plume et moi, cette vérité que j'imagine toujours venant à ma rencontre, du fond de la page blanche, et que, pourtant, je ne parviendrai à rejoindre que lorsque, à coups de plume justement, j'aurai réussi à ensevelir toute cette amertume, ces déconvenues, cette rage que je suis venue expier dans l'enclos de ce couvent.

Mais il suffit de si peu de choses : le trottinement d'un rat (notre grenier en est rempli), une brusque rafale de vent qui fait claquer le volet (avec ce penchant que j'ai à me laisser distraire, je m'empresse d'aller le rouvrir) ; il suffit que se termine un épisode de cette histoire, et qu'un autre commence, ou simplement que j'aille à la ligne, pour que ma plume, tout à coup, redevienne lourde comme un madrier. Alors, la quête de la vérité me semble de nouveau hasardeuse...

Voyons : il me faut maintenant représenter les terres traversées dans leurs pérégrinations par Agilulfe et son écuyer. Tout doit tenir dans cette page : la grand-route poudreuse, la rivière ; sur la rivière, un pont ; Agilulfe

4

vient précisément de le franchir, sur son cheval au sabot
léger : toc-toc, toc-toc... Il ne pèse pas lourd, ce chevalier
sans corps, sa monture peut parcourir des lieues et des
lieues sans se lasser ; quant au maître, il est increvable.
Tiens, sur le pont, voici que roule un lourd galop : boum-
boum ! boum-boum ! C'est notre Gourdoulou qui fonce,
accroché à l'encolure de son cheval ; leurs deux têtes sont
tellement rapprochées que c'est à se demander si Gourdoulou a une tête de cheval, ou le cheval une tête de
Gourdoulou... Je trace sur mon papier une ligne droite,
avec par-ci par-là quelques brisures : c'est le trajet
d'Agilulfe. Et puis cette autre ligne, toute en tortillons et
en zigzags : ça, c'est la route de Gourdoulou. Sitôt qu'il
voit voleter un papillon, il se figure qu'il le chevauche ;
alors il s'égare et s'en va flânant par les prés. Pendant ce
temps, Agilulfe tient son cap et s'avance, droit comme un
i. Parfois, le chemin détourné que suit Gourdoulou se
trouve coïncider avec de mystérieux raccourcis. A moins
que ce ne soit la monture qui se mette à suivre un
itinéraire de son choix, puisque son palefrenier ne se
soucie pas de la guider. Toujours est-il qu'à force de tours
et de détours, le flâneur se retrouve aux côtés de son
maître, sur la grand-route.

Ici, au bord de la rivière, je dessine un moulin. Agilulfe
s'arrête pour s'informer de son chemin. Lui répond une
accorte meunière, qui lui offre du pain et du vin. Il
refuse ; il accepte seulement un peu d'avoine pour son
cheval. La route est toute blanche de poussière et de
soleil ; les bons meuniers n'en reviennent pas de voir un
chevalier qui n'a pas soif.

Il vient de partir lorsque rapplique, dans un vacarme
d'escadron lancé au galop, le Gourdoulou :

— C'est-y que vous auriez vu mon maître, des fois ?
— Et qui c'est, ton maître ?
— Un chevalier... euh... non, un cheval...
— Tu es au service d'un cheval ?

— Non... c'est mon cheval qui est au service d'un cheval...

— Et qui chevauche ce cheval ?

— Ben... on sait pas trop.

— Et ton cheval à toi, qui le chevauche ?

— Ma foi ! Demandez-le-lui !

— Et toi non plus, tu ne veux boire ni manger ?

— Que si ! Que si ! Boire ! Manger !

Et il s'empiffre.

Voyez, ce que je suis en train de dessiner à présent, c'est une ville ceinte de remparts. Agilulfe est obligé de la traverser. Les sentinelles, à la porte, exigent qu'il découvre son visage. Personne ne doit entrer sans relever sa visière ; telle est la consigne : il pourrait s'agir, en effet, du féroce brigand qui sème la terreur aux alentours. Agilulfe refuse, croise le fer avec les gardes, force le passage, il est déjà loin.

A côté de la ville, toutes ces hachures que je trace, c'est une forêt. Agilulfe la fouille de fond en comble, et finit par dénicher le terrible bandit. Il le désarme, le couvre de chaînes, et le traîne sous le nez de ces sbires qui lui refusaient l'entrée. :

— Le voici enchaîné, celui dont vous aviez tant de frayeur !

— Oh ! que Dieu te bénisse, blanc chevalier ! Mais dis-nous qui tu es, et pourquoi tu gardes constamment la visière baissée ?

— Mon nom est au terme de mon voyage, répond Agilulfe.

Et il s'enfuit.

En ville, certains soutiennent que c'est un archange ; d'autres, un âme du Purgatoire.

— Le galop du cheval était si léger... observe quelqu'un. On aurait dit qu'il n'y avait personne en selle.

A l'endroit où finit la forêt, passe une autre route qui,

elle aussi, mène à la ville. C'est celle que suit Bradamante. Aux bourgeois qu'elle rencontre, elle lance :

— Je cherche un chevalier à l'armure blanche. Je sais
qu'il est ici.

— Non, non. Il n'y est pas.

— Il n'y est pas ? Donc c'est bien lui.

— Eh bien va-t'en le chercher là où il est ! Il est parti
d'ici.

— Donc, vous l'avez vu passer ? Une armure blanche,
on dirait qu'il y a un homme dedans ?

— Et qui pourrait-il y avoir d'autre ?

— Quelqu'un qui jamais homme ne sera !

— Toutes vos histoires m'ont un petit air de diablerie,
observa un vieillard, et surtout les tiennes, oui, chevalier
à la voix suave !

Bradamante piqua des deux.

Un moment après, sur la grand-place de la ville, c'est
Raimbaut, cette fois, qui fait arrêter son cheval.

— Auriez-vous vu passer un chevalier ?

— Quel chevalier ? Il en est passé deux, tu es le
troisième.

— Celui qui courait à la poursuite de l'autre...

— Est-ce vrai que l'un des deux n'est pas un homme ?

— Le second est une femme !

— Et le premier ?

— Rien !

— Et toi ?

— Moi ? Moi... je suis un homme.

— A la bonne heure !


Agilulfe chevauchait, chevauchait, escorté de Gourdoulou. Une donzelle se jeta en travers de la route, les
cheveux tout en désordre, les vêtements en lambeaux, se
traînant sur les genoux. Agilulfe bloqua sa monture.

— Au secours, noble chevalier, implorait-elle ; à une demi-lieue d'ici, une bande d'ours féroces tient assiégée la demeure de ma maîtresse, la noble veuve Priscille. Nous ne sommes, dans ce château, que quelques pauvres femmes sans défense ; personne ne peut plus entrer ni sortir. On a dû me faire descendre des créneaux à l'aide d'une corde. C'est un vrai miracle de Dieu que j'aie pu échapper aux griffes de ces horribles bêtes ! Pour l'amour du Ciel, chevalier, accours nous délivrer !

— Mon épée fut toujours au service des veuves et des créatures déshéritées, dit Agilulfe. Gourdoulou, prends cette jeune personne sur ton cheval, elle nous guidera jusqu'au manoir de sa maîtresse.

Ils avançaient par un sentier escarpé. L'écuyer allait devant, sans trop se soucier de la route : la poitrine de la donzelle assise entre ses bras dépassait, rose et gonflée, entre les déchirures de la robe ; Gourdoulou en était tout chaviré.

La fille, elle, était tournée vers Agilulfe et ne le quittait pas des yeux.

— Quel port majestueux a ton seigneur !

— Euh, euh...

Et, ce disant, Gourdoulou allongeait la main vers ces tièdes rondeurs.

— Si fier, si sûr de chaque mot qu'il dit, de chaque geste qu'il fait... s'extasiait-elle, les yeux toujours fixés sur Agilulfe.

— Euh... grognait Gourdoulou.

Il avait passé les brides à ses poignets, et, des deux mains, tâchait de s'expliquer comment diable un corps pouvait être si ferme et tendre en même temps.

— Et sa voix, poursuivait l'autre, une voix tranchante, métallique...

De la bouche de Gourdoulou ne sortait plus qu'un mugissement sombre : il l'avait enfoncée au creux des épaules de la gaillarde et se laissait griser par ce parfum.

— Ah ! ma maîtresse sera bien heureuse de se voir délivrer des ours par un tel chevalier... Comme je l'envie ! Mais... dis donc, toi, nous avons quitté la route ! Que se passe-t-il, écuyer, tu es distrait ?

A un détour du chemin, un ermite tendait sa sébille. Agilulfe avait pour principe de faire l'aumône à chaque mendiant qu'il rencontrait : trois sous, c'était son tarif. Il arrêta son cheval et fouilla dans sa bourse.

— Dieu vous bénisse, chevalier », remercia l'ermite, en empochant les pièces de monnaie. Puis il fit signe à Agilulfe de se baisser et lui parla à l'oreille. « Je vais sans plus tarder vous prouver ma reconnaissance : écoutez-moi : gardez-vous bien de la veuve Priscille ! Cette histoire d'ours est un piège : c'est elle-même qui élève ces fauves, afin de se faire délivrer par les plus vaillants chevaliers qui passent sur la grand-route. Elle les attire au château pour alimenter son libertinage effréné.

— Frère, c'est bien possible, répondit Agilulfe, mais je suis chevalier, ce serait vilenie de ma part de me dérober à une demande formelle de secours d'une femme éplorée.

— Ne redoutez-vous point les flammes de la luxure ?

Agilulfe était un peu embarrassé.

— Eh... ma foi, nous allons voir...

— Savez-vous ce qu'il reste d'un chevalier, après un séjour dans ce château ?

— Quoi donc ?

— Regardez-moi, et vous le verrez. Moi aussi je fus homme d'armes, moi aussi je sauvai Priscille de la griffe des ours, et voilà à quoi j'en suis réduit...

A vrai dire, il semblait plutôt mal en point.

— Frère, votre expérience me sera précieuse, mais j'affronterai cette épreuve.

Sur ce, Agilulfe poussa son cheval et rejoignit Gourdoulou et la servante.

— On se demande ce qu'ils ont à toujours papoter, ces maudits ermites, dit la donzelle au chevalier. Il n'est aucune catégorie de religieux ou de laïcs qui soit plus friande de ragots et de médisances !

— Il y a beaucoup d'ermites de cette sorte, dans les environs ?

— C'en est plein ! Sans cesse il en arrive quelque nouveau.

— Je ne serai pas de leur ermitage, moi, dit Agilulfe. Hâtons-nous.

— J'entends d'ici le rugissement des ours, s'écria la fille. Oh ! je suis morte de peur ! Laissez-moi descendre, que je me cache derrière cette haie.

Agilulfe fait irruption sur l'esplanade où se dresse le castel. Dieu, que d'ours ! L'espace alentour en est noir. En voyant le cheval et son cavalier, les fauves grincent leurs crocs et se tassent, flanc contre flanc, pour barrer le chemin. Agilulfe charge, lance brandie, faisant des moulinets. Il en embroche quelques-uns, en estourbit d'autres, en estropie d'autres encore. Gourdoulou survient, sur son cheval, et les pourchasse avec son épieu. Au bout de dix minutes, tous ceux qui ne sont pas restés là, étendus comme paillassons, ont couru se tapir au plus profond des forêts.

Alors s'ouvrit la grande porte du manoir.

— Preux chevalier, mon hospitalité saura-t-elle vous payer de tout ce que je vous dois ?

Priscille était apparue sur le seuil, entourée de ses dames d'atour et de ses servantes. Parmi celles-ci, la fille qui avait guidé jusque-là les deux voyageurs : sans qu'on sût comment, elle était déjà au logis ; et, au lieu de ses habits en loques de tout à l'heure, elle portait un mignon tablier bien propre.

Agilulfe, escorté de Gourdoulou, fit son entrée dans le château. La veuve Priscille était une personne de taille médiocre, plutôt sèche, mais gentiment attifée, la poitrine point très forte mais bien saillante, et puis des yeux noirs au regard frétillant, bref, une femme qui a de la conversation... Elle était là, face à la blanche armure d'Agilulfe, l'air tout guilleret. Le chevalier, lui, semblait un peu guindé ; en fait, il était intimidé.

— Chevalier Agilulfe Edme Bertrandinet des Guildivernes, dit Priscille, vous voyez, votre nom ne m'est pas inconnu, je sais parfaitement qui vous êtes, et qui vous *n'êtes pas.*

A cette déclaration, Agilulfe, comme délivré d'un poids, bannit toute réserve et prit un air avantageux. Ce nonobstant, il s'inclina, mit un genou en terre, prononça un : « Pour vous servir » et se redressa d'un coup.

— On m'a souvent parlé de vous... continua Priscille. Il y a longtemps que j'ai le plus vif désir de vous rencontrer. Quel prodige vous a conduit sur une route aussi détournée ?

— J'ai entrepris un long voyage, pour tâcher d'avoir des nouvelles, avant qu'il ne soit trop tard, d'une virginité qui remonte à plus de quinze ans.

— Jamais je n'ouïs conter entreprise de chevalerie qui eût un but aussi chimérique, avoua Priscille. Mais enfin, puisque quinze années ont passé, j'aurai moins de scrupule à vous retarder encore d'une nuit, en vous priant d'être mon hôte en ce château.

Et il entra, marchant à côté d'elle.

Longtemps, la troupe des femmes le suivit du regard : à la fin il disparut, en compagnie de la châtelaine, dans une enfilade de salles. Alors, toutes se retournèrent vers Gourdoulou.

— Voyez ce palefrenier, quel gaillard ! s'écrièrent-elles en battant des mains. Dommage qu'il soit plein de puces et sente aussi mauvais ! Allez, vite, dépêchons-nous, décrottons-le !

Elles l'emmenèrent dans leurs appartements et le mirent tout nu.

Priscille avait conduit Agilulfe jusqu'à une table : le couvert était dressé pour deux convives.

— Je n'ignore pas vos habitudes de tempérance, dit-elle. Pourtant, je ne saurais commencer à vous honorer autrement qu'en vous invitant à ma table. Mais n'en doutez pas, ajouta-t-elle avec enjouement, les témoignages de gratitude que j'ai à cœur de vous donner ne s'arrêteront pas ici...

Agilulfe fit son remerciement, s'installa en face de la veuve, tritura quelques bouts de mie de pain ; après un instant de silence il s'éclaircit la voix, et se mit à parler de choses et d'autres.

— O combien déroutantes, Madame, combien pleines de hasards, les aventures qui sont le lot du chevalier errant ! A vrai dire, on pourrait les grouper en plusieurs types. D'abord...

Et le voilà qui conversait, toujours affable et précis, toujours bien informé ; parfois, il laissait paraître dans ses propos un rien d'exactitude un peu tatillonne, qu'il corrigeait aussitôt par l'aisance avec laquelle il abordait un sujet nouveau. Entre deux remarques sérieuses, il intercalait un mot d'esprit, une boutade, du meilleur ton. Il avançait, sur les événements ou les personnes, des jugements ni trop favorables, ni trop sévères, toujours tels que son interlocutrice pût les faire siens : car il ne manquait pas une occasion de la laisser placer son mot et l'y invitait, au besoin, par quelque courtoise demande.

— Oh ! quel causeur délicieux ! murmura Priscille, aux anges.

Tout d'un coup, aussi brusquement qu'il avait commencé à parler, Agilulfe sombra dans le silence.

— Il est temps que nous écoutions quelques chants, déclara Priscille en frappant dans ses mains.

Les joueuses de luth entrèrent dans la salle. L'une d'elles entonna la chanson qui dit : *La licorne va rose cueillir ;* puis une autre : *Jasmin, veuillez embellir le beau coussin.*

Agilulfe eut des phrases élogieuses à propos de la musique et des voix.

Une troupe de fillettes vint à son tour ; elles dansèrent, vêtues de tuniques légères, des guirlandes de fleurs dans leurs cheveux. Agilulfe accompagnait leurs rondes en battant la mesure sur la table avec ses gantelets de fer.

Des danses tout aussi réjouissantes se déroulaient dans une autre aile du château, dans les appartements des demoiselles de compagnie. Les jeunes femmes, à moitié dévêtues, jouaient à la paume, et prétendaient faire participer Gourdoulou à leurs ébats. L'écuyer, habillé lui aussi d'une courte tunique que ces dames lui avaient prêtée, avait une façon de jouer bien à lui : au lieu de rester à sa place et d'attendre que la balle vienne dans sa direction, il courait derrière, et tâchait, par tous les moyens, de s'en saisir ; il se ruait comme un bolide sur l'une ou l'autre de ces femelles ; sous l'effet du choc, il arrivait souvent qu'il fût pris d'une autre inspiration, et roulât avec la fille au creux d'un des moelleux canapés disposés là autour.

— Hé là ! qu'est-ce que tu fricotes ? Non, non, pas de ça, grande bourrique ! Mais regardez ce qu'il est en train de me faire, bas les pattes, non, je veux jouer à la balle... Oh là là !

Mais Gourdoulou, désormais, n'entendait plus raison. Avec ce bain chaud qu'elles lui avaient fait prendre, et puis tous ces parfums, toute cette chair blanche et rose, il n'avait plus qu'un désir : se laisser engloutir dans l'universelle fragrance.

— Ah ! Ah ! le voilà encore après moi, bonne mère !... Mais enfin, écoute, je... Aïe !

Les compagnes jouaient à la paume comme si de rien n'était, parmi les taquineries, les éclats de rire et les chants : *O gué. O gué ! La lune s'est envolée...*

La fille que Gourdoulou avait emportée, après un dernier long cri, revenait auprès de ses amies, le visage un peu enflammé, un peu étourdie, et puis aussitôt, riant, battant des mains, elle se remettait à jouer : « Ici, ici, à moi ! »

Un instant plus tard, Gourdoulou s'en allait rouler sur une autre.

— Allez ! ouste ! Hou !... Mais quel crampon, oh ! la brute ! non, tu me fais mal, non, oh ! mais dis... » et elle succombait.

Quelques dames et jeunes filles qui ne se mêlaient pas aux jeux, se tenaient assises sur des banquettes, à jacasser :

— ... Mais, vous savez que Philomène était jalouse de Claire, seulement, en réalité... » et la causeuse se sentait empoigner par la taille : c'était Gourdoulou. « Hou, le monstre, il m'a fait peur !... En réalité, je vous disais, à ce qu'il paraît, Philibert couchait avec Euphémie, alors... Mais où diable m'emmènes-tu ?... » Gourdoulou l'avait chargée sur ses épaules. « ... Alors, vous comprenez ? Pendant ce temps, l'autre idiote , avec cette jalousie qui ne la lâche pas. » Renversée sur l'épaule de Gourdoulou, la femme n'arrêtait pas de babiller, de faire des gestes ; puis elle disparaissait.

Elle ne tardait guère à revenir, le visage en feu, une bretelle arrachée, et, sur-le-champ, recommençait à en découdre : « C'est exactement comme je vous le dis, Philomène a fait une scène à Claire, tandis que l'autre, lui... »

Pendant ce temps, là-bas, dans la salle du festin, joueuses de luth et ballerines se retiraient. Agilulfe s'attardait à énumérer pour la châtelaine les morceaux que la fanfare de l'empereur Charlemagne exécutait le plus volontiers.

— Le ciel devient sombre, fit remarquer Priscille.

— Il est nuit, concéda Agilulfe. Il est nuit noire...

— La chambre que je vous ai réservée...

— Merci. Vous entendez ce rossignol, là, dans le parc ?

— La chambre que je vous ai réservée... c'est la mienne...

— Vous avez un sens exquis de l'hospitalité... C'est de ce chêne, là-bas, que chante le rossignol. Allons près de la croisée.

Il se leva, offrit son bras de métal ; ils s'approchèrent du balcon. Les roulades du rossignol fournirent matière à une série de citations poétiques et de rappels mythologiques.

Priscille l'interrompit tout à coup :

— Bref, c'est l'amour qui fait chanter le rossignol. Et nous...

— Ah ! l'amour ! » s'écria Agilulfe : sa voix eut une montée si brusque que Priscille en fut tout effarouchée. Mais lui, de but en blanc, se jeta dans sa dissertation sur la passion amoureuse. Priscille se sentait brûler d'un tendre feu ; appuyée à son bras, elle le poussa vers une pièce où trônait un grand lit à baldaquin. « Chez les anciens, l'amour était considéré comme un dieu... » poursuivait Agilulfe. Et patati, et patata...

Priscille referma la porte à double tour ; elle vint tout près de lui, courba la tête sur la cuirasse et murmura :

— J'ai un peu froid, le feu est éteint...

Agilulfe enchaîna :

— L'opinion des anciens, sur ce point de savoir s'il vaut mieux faire l'amour dans des pièces froides ou chaudes, est loin d'être unanime. Néanmoins, au jugement de la majorité...

— Oh ! rien de ce qui touche à l'amour ne vous échappe ! chuchota Priscille.

— Au jugement de la majorité, tout en écartant une atmosphère surchauffée, une certaine tiédeur naturelle est souhaitable...

— Dois-je appeler mes femmes et leur dire de faire une flambée ?

— Laissez, j'allumerai moi-même.

Il examina les bûches empilées dans la cheminée, loua la qualité de la flamme de telle et telle essence, passa en revue les diverses façons d'allumer le feu, en plein air et dans les lieux clos. Priscille poussa un soupir. Alors, comme s'il se fût rendu compte que tous ces propos risquaient de dissiper le climat d'amoureuse impatience qui s'était peu à peu établi, Agilulfe s'appliqua à fleurir sa causerie sur les feux de bois de comparaisons, d'allusions et de références à l'ardeur des sentiments et des sens.

De nouveau Priscille souriait, les yeux mi-clos, les mains tendues vers la flamme qui commençait à crépiter ; elle murmura :

— Quelle douce chaleur... Qu'il doit être bon de la savourer, allongés sous les couvertures...

Sur cette question du lit, Agilulfe avait une foule de remarques à présenter : à l'en croire, les domestiques, en France, ignorent tout de l'art difficile de faire un lit. Dans les plus nobles maisons, on ne trouve que draps tirés à la diable.

— Allons donc ! Avez-vous vu le mien ?... demanda la veuve.

— Votre lit est, sans conteste, un vrai lit de reine, le plus beau lit qui se puisse voir sur toute l'étendue des terres d'empire. Souffrez pourtant qu'avec ce désir que j'ai de vous voir toujours entourée de choses en tout point dignes de vous, je considère avec un peu d'appréhension ce pli que je découvre, là.

— Oh ! mais c'est vrai ! L'horrible pli ! s'écria Priscille, gagnée à son tour par cette rage de perfection qui émanait d'Agilulfe.

Ils défirent le lit de fond en comble ; à chaque instant, ils faisaient des découvertes : des petits renflements, des godets, des endroits trop tendus, d'autres trop relâchés, et ils se désolaient. Leur recherche était une suite de tourments insupportables et de brusques remontées vers de célestes extases.

Une fois le lit découvert jusqu'au sommier, Agilulfe entreprit de le refaire selon les règles. Opération soigneusement mise au point : rien ne devait être laissé au hasard ; il fallait parfois avoir recours à des méthodes connues de lui seul. Mais, de temps en temps, il y avait un petit quelque chose qui le laissait insatisfait ; il recommençait tout depuis le début.

Un cri monta d'une aile éloignée du château ; un cri, ou plutôt une sorte de mugissement, ou de braiement irrépressible. Priscille tressaillit :

— Qu'est-ce qui se passe ?

— Rien, c'est la voix de mon écuyer...

A ce cri s'en mêlaient à présent d'autres, plus aigus, comme des soupirs poussés jusqu'aux étoiles.

— Et là, qu'est-ce donc ? demanda Agilulfe.

— Oh ! ce sont mes demoiselles, répondit Priscille, elles se donnent du bon temps... La jeunesse, on sait ce que c'est.

Tout en continuant à arranger le lit, ils prêtaient de temps en temps l'oreille à tous les bruits de la nuit.

— Gourdoulou qui hurle...

— Ces femmes, quel vacarme...

— Le rossignol...

— Les cricris...

Le lit était prêt maintenant, impeccable. Agilulfe se tourna vers la veuve. Priscille était nue. Ses vêtements avaient chastement glissé sur le parquet.

Agilulfe déclara :

— Aux dames nues, il est recommandé de serrer dans

leurs bras un guerrier avec son armure : nul transport des sens n'est, paraît-il, comparable.

— Bravo ! Et c'est à moi que tu vas l'apprendre ! Allons donc, je ne suis pas née d'hier !

En disant ces mots, Priscille fit un bond et s'accrocha à Agilulfe, jambes et bras noués autour de la cuirasse. Elle essaya, l'une après l'autre, toutes les manières possibles d'étreindre une armure ; et puis, d'un mouvement langoureux, elle entra dans le lit.

Agilulfe s'agenouilla à son chevet.

— Les cheveux... dit-il.

En se déshabillant, Priscille n'avait pas touché à l'imposant édifice de sa brune chevelure. Agilulfe se mit à exposer de quelle conséquence peut être, dans l'émoi des sens, une chevelure dénouée.

— Essayons.

Ses mains de fer, avec des gestes prompts et délicats, mirent à bas tout cet arrangement de tresses, faisant glisser les longues mèches sur la gorge et sur les épaules.

— Il y a pourtant des gens à l'esprit coquin qui préfèrent une dame nue, avec la tête soigneusement coiffée, et même ornée de voilettes et de diadèmes...

— On essaie de nouveau ?

— C'est moi qui vais vous peigner.

En la peignant, il montra un art souverain de séparer les tresses, de les enrouler et de les fixer en chignon au moyen de grosses épingles. Ensuite, il apprêta la plus ravissante parure de voiles et de pierreries. Cela demanda bien une heure ; mais, lorsqu'il tendit le miroir à Priscille, jamais elle ne s'était vue aussi belle.

Elle l'invita à venir se coucher près d'elle.

— On raconte que la reine Cléopâtre, chaque nuit, rêvait qu'elle avait dans son lit un guerrier en armure.

Elle dut avouer qu'elle n'avait jamais essayé :

— En général, ils l'enlèvent bien avant.

— Eh bien, vous allez essayer.

Et lentement, sans froisser les draps, il entra dans le lit, armé de pied en cap, et s'y étendit, majestueux comme un gisant.

— Mais ne détacherez-vous pas votre épée du baudrier ?

— La passion d'amour ignore les demi-mesures.

Priscille ferma les yeux, extasiée.

Agilulfe se souleva sur un coude.

— Ce feu fait vraiment trop de fumée. Je vais voir un peu pourquoi la cheminée tire aussi mal.

Le lune apparaissait à travers la croisée. Revenant de la cheminée vers le lit, le chevalier s'arrêta.

— Madame, allons sur le chemin de ronde profiter de cette tardive clarté lunaire.

Il l'enveloppa de son grand manteau. Ils montèrent, enlacés, au sommet du donjon. La lune argentait les bois. Le chat-huant chuintait. On voyait de la lumière à quelques fenêtres du château ; de temps en temps, montaient des cris, des éclats de rire, des plaintes et le hennissement de l'écuyer.

— La nature entière est amoureuse...

Ils retournèrent dans la chambre. Dans la cheminée, le feu était presque éteint. Ils s'accroupirent devant le foyer, soufflant sur la braise. A rester ainsi, l'un près de l'autre, les genoux roses de Priscille frôlant les genouillères de métal du chevalier, naissait une intimité nouvelle, plus innocente.

Quand Priscille revint se coucher, une première clarté rasait déjà le bord de la fenêtre.

— Rien ne transfigure un visage de femme comme les premiers rayons de l'aube, dit Agilulfe.

Seulement, pour que ce visage apparût sous son meilleur jour, il fut obligé de déplacer lit et baldaquin.

— Comment me trouvez-vous ? interrogea la veuve.

— On ne peut plus belle.

Priscille était au comble du bonheur. Hélas, le soleil

montait très vite, si bien qu'Agilulfe, pour le suivre dans sa course, devait continuellement changer le lit de place.

— C'est l'aurore », dit-il. Déjà, ce n'était plus la même voix : « Mon devoir de chevalier commande qu'à cette heure je me mette en route.

— Si tôt ! gémit Priscille. Et juste maintenant !

— Je suis navré, courtoise dame ; plus grave souci m'oblige.

— Oh ! c'était tellement merveilleux...

Agilulfe plia le genou :

— Donnez-moi votre bénédiction, Priscille.

Il se relève, sans plus tarder il appelle son écuyer. Il parcourt le château d'un bout à l'autre, et finit par le découvrir dans une espèce de chenil, éreinté, endormi comme une masse.

— Vite, en selle !

Mais il doit le prendre à bout de bras pour le hisser sur son cheval. Le soleil continue de monter et dessine ces deux silhouettes contre les feuillages dorés du bois : l'écuyer posé comme un sac en équilibre sur la selle, le chevalier bien droit, le cimier frémissant comme l'ombre fine du peuplier.

... Servantes et dames d'atours ont couru se rassembler près de Priscille.

— Alors, maîtresse, comment ça s'est passé ? Comment ça s'est passé ?

— Oh ! si vous saviez ! Quel homme, quel homme...

— Mais dites, racontez-nous, comment est-il ?

— C'est un homme... Mais un homme ! Ah ! cette nuit, sans arrêt, un paradis !

— Mais qu'est-ce qu'il a fait ? Hein, qu'est-ce qu'il a fait ?

— Eh, comment voulez-vous que je vous dise...
Magnifique, magnifique...

— Bon, très bien, mais encore ? Allons... racontez...

— A présent, comme ça, c'est difficile... Il en a tant
fait, de choses... Mais, dites donc, et vous autres, avec
l'écuyer ?

— Hein ? Oh rien... Je ne sais pas... Tu sais, toi ?
Non... Et toi ? Mais voyons ! Il ne me semble pas...

— Comment ? On vous entendait, mes petites...

— Bah ! Peut-être, le pauvre bougre... moi je ne me
souviens pas. Ni moi non plus... Toi, peut-être ? Comment, moi ? Jamais de la vie ! Maîtresse, parlez-nous
plutôt de lui, votre chevalier, eh bien ? Comment était-il,
votre Agilulfe ?

— Oh ! Agilulfe !

## IX

J'ai noirci des pages et des pages, et cette histoire que je retrace en suivant une vieille chronique presque illisible en est encore à son début. Je viens seulement de m'en apercevoir : ce n'est qu'à présent que commencent pour de bon les péripéties de mon livre, avec la course aventureuse d'Agilulfe et de son écuyer enquêtant sur la virginité de Sofronie, les pérégrinations de Bradamante, poursuivante poursuivie, celles de Raimbaut amoureux et de Torrismond en quête de ses fameux Chevaliers du Graal. Et tout cela s'enchevêtre : le fil de cette intrigue, au lieu de glisser prestement entre mes doigts, tout d'un coup se relâche et se noue inextricablement. Quand je songe à tout ce qu'il me reste encore à mettre sur le papier, itinéraires, obstacles, poursuites, guet-apens, duels et tournois, le vertige me prend... Voyez à quel point m'ont changée ma fonction de sœur livrière, et cette dure pénitence de courir après des mots, de méditer sur le fin fond des choses : ce que le commun des lecteurs, et moi-même jusqu'à présent, tenions pour le comble de l'agrément, à savoir le brouillamini d'aventures en quoi consiste tout bon roman de chevalerie, me paraît maintenant une garniture superflue, une froide enjolivure, bref la partie la plus ingrate de mon pensum.

L'envie parfois me prend d'aller vite, de raconter, de raconter à toute allure, de bourrer chaque page d'autant de duels et de massacres qu'il en pourrait tenir dans un poème épique ; et puis, lorsque je m'arrête et me prépare à me relire, je découvre que ma plume n'a pas laissé la moindre trace sur le papier : la page est toute blanche...

Ah ! si je pouvais conter à ma guise ! Pour cela, il faudrait que cette page blanche, tout à coup, se hérisse de grands rochers rougeâtres, ou bien s'éboule en un épais sablon semé de cailloutis où pousserait toute une végétation de genévriers hirsutes. Au beau milieu, là où serpente un sentier mal frayé, je ferais passer Agilulfe, bien droit sur sa selle, la lance à l'arrêt. Mais ce n'est pas tout : coin de campagne sauvage, ma feuille devrait devenir en même temps la vaste coupole du ciel aplatie sur mon papier, si basse que, dans l'intervalle, il y ait tout juste place pour un vol croassant de corbeaux. Du bout de ma plume, il faudrait que je parvienne à gratter la feuille, oh ! à peine... Simplement pour qu'on distingue, à travers la prairie, le long glissement d'une couleuvre dissimulée dans l'herbe ; et puis, dans la bruyère, le trottinement d'un lapin ; à présent, il vient de déboucher de son couvert, on le voit s'arrêter, renifler dans ses courtes moustaches ; tiens, il a déjà disparu...

Toutes choses bougent dans la page bien lisse ; pourtant, rien ne transparaît de cette agitation, rien n'a l'air de changer à la surface. Il en va de mon papier comme de la rugueuse écorce du monde, elle aussi pleine de mouvements et vide de changement : rien qu'une immense couche de matière homogène, qui se tasse et s'agglomère selon des formes et des consistances variables, dans une gamme de coloris nuancés, et que, pourtant, on imagine sans peine étalée sur une surface plate. Bien sûr, elle présente des excroissances villeuses, plumeuses ou noueuses comme carapaces de tortues ; et, de temps en temps, ces touffes de plumes ou de poils et ces nodosités donnent l'impression de bouger. Ou bien encore on croit discerner, parmi cet agglomérat de qualités réparties dans toute la nappe de matière uniforme, quelques changements de rapports : et, malgré tout, rien, substantiellement, ne quitte son lieu. Le seul dont on puisse dire à coup sûr que, dans mon paysage, il effectue un mouvement, c'est Agilulfe : pas le cheval d'Agilulfe, ni l'armure d'Agilulfe ; non, ce je ne sais quoi de solitaire, d'impatient, de soucieux de soi-même, qui voyage à cheval, à l'intérieur d'une armure. Alentour, les pommes de pin choient des branches, les ruisseaux bondissent parmi les cailloux, les poissons nagent dans les ruisseaux, les chenilles broutent les feuilles, les tortues raclent le sol de leur ventre rugueux : mais tout cela n'est que simulacre de mouvement, perpétuel va-et-vient comparable à l'agitation des vagues. Gourdoulou, lui, fait corps avec la lame, s'enroule et se déroule avec elle, emprisonné dans la grande tapisserie des choses, plaqué lui aussi dans cette nappe de matière, parmi les poissons, les pignes, les chenilles, les cailloux et les feuillages : simple protubérance sur l'écorce de l'univers.

Mais qu'il me sera difficile de représenter, sur mon bout de papier, la course de Bradamante, celle de Raimbaut ou celle du farouche Torrismond ! Ah ! comment faire ? Sur cette étendue bien égale, il faudrait qu'il y eût un renflement très léger, comme on en obtiendrait en grattant le feuillet par-dessous, avec la pointe d'une épingle ; cet imperceptible soulèvement serait, comme le reste, pétri de l'universelle matière, et là, justement, se logeraient passion, beauté, douleur, et puis l'affrontement et le mouvement véritables.

Mais comment viendrai-je à bout de cette histoire, si je me mets à saccager ainsi les pages blanches, à y creuser des vallées et des cavernes ? Plutôt que de labourer mon papier de raies et d'égratignures, mieux vaudrait sans doute, afin que mon récit fût plus facile, que je dresse une carte des lieux. J'y ferais tenir le doux pays de France, et l'orgueilleuse Bretagne, le détroit d'Albion gonflé de noires houles ; tout en haut, la montueuse Ecosse ; tout au fond, les rudes Pyrénées, avec l'Espagne encore aux

mains des infidèles, et l'Afrique nourrice de serpents.
Après quoi, au moyen de flèches, de petites croix et de
numéros, je pourrais marquer le voyage de tel ou tel de
mes héros... Tiens, je vais, dès à présent, d'un rapide trait
de plume un tant soit peu arrondi, faire débarquer mon
Agilulfe en Angleterre : de là, je le dirige sur le moutier
où, voici quinze années, Sofronie a pris le voile.


Il arrive : le monastère n'est qu'un amas de ruines.

— Ah ! vous êtes bien tard venu, preux chevalier,
gémit un vieillard. Nos vallons retentissent encore des
hurlements de ces infortunées. Une flotte de pirates
barbaresques a récemment pris terre sur nos rivages. Le
couvent fut par eux mis à sac, les religieuses menées en
esclavage, et le feu allumé aux murs.

— Menées, où ça ?

— En esclavage, beau seigneur, ils iront les vendre au
Maroc.

— Et parmi toutes ces nonnes, n'y avait-il pas une
certaine Sofronie, dans le monde fille du roi d'Ecosse ?

— Ah ! vous parlez de sœur Palmire ? Bien sûr qu'elle
y était ! Vous pensez, cette bande de paillards, ils l'ont de
suite chargée sur leurs épaules ! Elle n'était plus toute
jeune, mais encore rudement mignonne... Je la revois,
comme si ça se passait maintenant, qui hurlait à vous
fendre l'âme, empoignée par ces affreux noirauds.

— Vous assistiez donc au pillage ?

— Hé, qu'est-ce que vous voulez, nous, les gens du
pays, on est toujours sur place...

— Ne courûtes-vous pas à leur secours ?

— Au secours de qui ?... Ben, Monseigneur, c'est
que... on s'y attendait si peu... nous autres, on n'avait pas
d'ordres... on n'est pas entraînés... Vous comprenez,
faire et mal faire... nous, on a préféré ne rien faire.

— Autre chose : dites-moi, au couvent, Sofronie vivait-elle dévotement ?

— Des nonnes, par les temps qui courent, on en voit de toutes sortes, ça oui ; mais sœur Palmire était bien la plus pieuse et la plus chaste de tout l'évêché.

— Vite, Gourdoulou ! Courons au port nous embarquer pour le Maroc !

Tout ce que je représente maintenant, avec ces petites lignes courbes, c'est la mer ; ou plutôt l'Océan. Voyez, là, je dessine le navire sur lequel Agilulfe accomplit sa traversée ; et, un peu à gauche, une gigantesque baleine. Ah, n'oublions pas ce petit rectangle, où j'inscris : *Mer Océane.* La flèche que voici indique la route du navire. Au fond, pourquoi ne pas tracer une seconde flèche, pour montrer le trajet de la baleine... Ça alors ! Les voilà qui se coupent ! Eh bien donc, en ce point de l'Océan, va se dérouler le combat de la baleine et du navire. Et comme la baleine, je l'ai dessinée beaucoup plus grosse, le navire aura le dessous. Je trace une quantité de petites flèches qui se croisent dans tous les sens : vous comprenez qu'à cet endroit-là, entre baleine et vaisseau, il se livre une furieuse bataille navale. Agilulfe se défend merveilleusement ; il arrive à enfoncer sa lance dans un flanc du cétacé. Un jet d'huile de baleine, à faire vomir, gicle et le frappe : je le représente avec tous ces traits en éventail. Gourdoulou saute sur le dos de la baleine, il ne pense plus au navire. Soudain, un coup de queue, la nef se retourne. Agilulfe, avec son armure de métal, ne peut guère que couler à pic. Avant d'être englouti par les flots, il crie à son écuyer :

— Rendez-vous au Maroc ! Je vais à pied !

Sur ce, Agilulfe plonge, plonge et, par des milles et des milles de fond, il atterrit sur un lit de sable sous-marin, et se met à marcher d'un bon pas. Maintes fois, il rencontre des monstres qu'il repousse à grands coups d'épée. Le seul inconvénient, pour un chevalier au fond de la mer, vous le savez mieux que moi, c'est la rouille. Mais comme la blanche armure a été arrosée du haut en bas d'huile de baleine, elle est toute couverte d'une nappe de graisse qui la protège.

Au milieu des flots, je dessine à présent une tortue. Gourdoulou a dû ingurgiter une bonne pinte d'eau salée avant de comprendre que l'Océan ne doit pas être au-dedans de lui, mais bien lui au-dedans de l'Océan. Enfin, il a réussi à s'accrocher à la carapace d'une énorme tortue de mer. Tantôt il se laisse remorquer, tantôt il tâche de la piloter à force de pinçons et d'agaceries de toutes sortes ; il arrive ainsi près des rivages africains. Et là, il vient se prendre dans les filets des pêcheurs sarrasins.

Quand les pêcheurs relèvent leurs engins, ils voient surgir, au beau milieu d'un amas scintillant de rougets, un bonhomme aux habits gluants, tout recouvert d'algues marines. Ils crient :

— L'homme-poisson ! L'homme-poisson !

— Mais non, ça n'est pas l'homme-poisson : c'est Gouillousouf ! explique le patron marinier. Gouillousouf ! Une vieille connaissance !

Gouillousouf était un des sobriquets par lesquels on désignait Gourdoulou dans les popotes mahométanes, lorsque, sans même s'en douter, il franchissait les lignes et se retrouvait dans le cantonnement des troupes du sultan. Le patron marinier avait servi dans l'armée mauresque, en terre espagnole. Appréciant chez Gourdoulou une constitution robuste et un esprit facile à commander, il l'engagea dans son équipe de pêcheurs d'huîtres.

Un soir que les pêcheurs, en compagnie de Gourdoulou, étaient assis sur les rochers du rivage marocain, occupés à ouvrir l'une après l'autre les huîtres qu'ils avaient pêchées, voici que soudain pointent hors de l'eau un cimier, et puis un casque, une cuirasse, et finalement une armure tout entière, qui s'avance sur la grève en marchant au pas.

— L'homme-langouste ! L'homme-langouste ! » hurlent les pêcheurs épouvantés ; et ils courent se dissimuler derrière les rochers.

— Mais ça n'est pas l'homme-langouste ! corrige Gourdoulou. C'est mon maître ! Oh ! chevalier, vous devez être fourbu ! Vous vous êtes tapé toute cette route à pied !

— Je ne suis pas fatigué le moins du monde, rétorque Agilulfe. Mais, dis-moi, que peux-tu bien faire ici ?

— Nous cherchons des perles pour Sa Hautesse, expliqua l'ancien soldat du sultan, car, chaque soir, il lui en faut une nouvelle pour une épouse différente.

Nanti de trois cent soixante-cinq femmes, le sultan en fréquentait une par nuit ; de la sorte, chacune de ses épouses n'avait droit à sa visite qu'une fois l'an. A chaque épouse ainsi visitée, le sultan avait coutume d'apporter en présent une perle ; tous les jours, donc, les marchands de son royaume avaient mission de lui fournir une perle de la première fraîcheur. Or, ce jour-là, ils avaient épuisé leur réserve : aussi s'étaient-ils adressés aux pêcheurs afin que ceux-ci leur procurassent à tout prix la perle manquante.

— Mais vous, qui arpentez si bien le fond des mers, demanda l'ancien militaire à Agilulfe, pourquoi ne vous associeriez-vous pas à notre pêche ?

— Un chevalier ne saurait participer à des entreprises qui ont pour seul objet le profit, surtout lorsqu'elles sont conduites par les ennemis de sa foi. Païen, je vous sais gré d'avoir sauvé et nourri mon écuyer que voici. Quant à votre sultan, qu'il puisse ou ne puisse pas offrir une perle à sa trois cent soixante-cinquième épouse, je m'en soucie comme d'une guigne.

— Nous autres, nous nous en soucions un peu davantage, car on nous fera fouetter d'importance, fit le pêcheur de perles. Cette nuit ne sera pas une nuit de noces ordinaire. C'est le tour d'une jeune épousée à qui le sultan rend visite pour la première fois. Elle fut achetée, voici bientôt un an, à des pirates, et elle a attendu que vienne son heure jusqu'à maintenant. Il serait malséant que notre souverain se présente chez elle les mains vides : d'autant que cette personne est une de vos coreligionnaires, et fille de sang royal, Sofronie d'Ecosse, emmenée esclave au Maroc, et immédiatement destinée au harem de notre sultan.

Agilulfe ne laissa rien paraître de son émoi.

— Je vais vous donner le moyen de vous tirer d'embarras. Les marchands n'ont qu'à proposer au sultan de faire porter à sa nouvelle épouse, au lieu d'une perle banale, un présent capable d'adoucir en elle la nostalgie de son lointain pays : une armure complète de guerrier chrétien.

— Et où la pêcherons-nous, cette armure ?

— Mais... la voici !

Seule dans ses appartements du palais des femmes, Sofronie attendait que vînt le soir. Derrière la grille d'une petite fenêtre cuspidée, elle regardait le jardin, avec ses palmes, ses parterres et ses jets d'eau. Le soleil baissait, le muezzin lançait son appel ; dans le parc, les fleurs de la nuit s'ouvraient et embaumaient.

On frappe. C'est l'heure ! Mais non, toujours ces mêmes eunuques. Ils apportent un cadeau de la part de Sa Hautesse. Tiens, une armure ! Une armure toute blanche... Qu'est-ce que ça peut bien vouloir dire ?

Sofronie, demeurée seule, revint près de sa fenêtre. Presque un an qu'elle était enfermée là. A peine achetée, on lui avait donné le numéro d'ordre d'une épouse répudiée depuis peu ; ainsi son tour ne viendrait-il qu'au bout de onze interminables mois. Rester là dans ce gynécée, à ne rien faire, à compter les jours, c'était encore plus ennuyeux que le couvent.

— Ne craignez rien, noble Sofronie », dit une voix, là, derrière elle. Elle se retourna. C'était l'armure qui discourait : « Je suis Agilulfe des Guildivernes ; j'eus déjà, en une autre occasion, le privilège de préserver votre vertu de toute offense.

— Aïe, au secours ! » Sur le moment, la promise du sultan avait eu un léger sursaut. Puis, retrouvant son sang-froid : « Mais oui ! J'avais bien l'impression que cette armure blanche ne m'était pas tout à fait inconnue. C'est donc vous qui arrivâtes à point nommé pour m'arracher à un brigand qui voulait abuser de moi ? Il y a de cela bien des années...

— Et aujourd'hui, j'arrive encore à point nommé pour vous sauver de l'ignominie de ces noces païennes.

— C'est bien ça... Vous ne changez pas, vous...

— A présent, sous la protection de cette épée, je vais vous conduire loin des domaines du sultan.

— Voilà... C'était à prévoir...

Quand les eunuques vinrent annoncer l'arrivée imminente du prince, ils furent passés au fil de l'épée. Déjà, enveloppée dans une grande cape, Sofronie courait à travers les jardins aux côtés du Chevalier. Les drogmans donnèrent l'alarme. Mais c'est en vain que les pesants cimeterres voulurent jouter contre la lame bondissante et précise du guerrier à la blanche cuirasse. Et son écu soutint fermement l'assaut des lances de tout un bataillon. Gourdoulou attendait avec les chevaux, derrière un figuier d'Inde. Dans le port, une felouque était prête à cingler vers les terres chrétiennes. Debout sur le tillac, Sofronie voyait s'éloigner les palmiers de la plage.

Là, sur la mer, je dessine à présent la felouque. Je la fais un peu plus grande que le bateau de tout à l'heure : ainsi, même si elle vient à rencontrer la baleine, il n'arrivera pas de catastrophe. Vous voyez cette ligne courbe : c'est le trajet de la felouque ; je voudrais bien la faire arriver jusqu'au port de Saint-Malo. L'ennui, c'est qu'ici, à la hauteur du golfe de Biscaye, il y a un tel brouillamini de lignes qui se croisent dans tous les sens qu'il vaudra mieux la faire filer un peu sur la gauche, là, elle monte, elle monte, et zut ! voilà qu'elle s'en vient heurter contre les récifs de Bretagne ! Elle fait naufrage, coule à pic, et Agilulfe et Gourdoulou ont toutes les peines du monde à porter Sofronie saine et sauve sur le rivage.

Sofronie n'en peut plus. Agilulfe décide de la mettre à l'abri dans une grotte, tandis que lui, en compagnie de l'écuyer, rejoindra le camp de Charlemagne et annoncera que la virginité est toujours intacte, ainsi que la légitimité de ses titres. Par conséquent, ici, je fais une petite croix pour indiquer la grotte, à cet endroit de la côte bretonne, et pour pouvoir la retrouver ensuite. Mais voyons… Que peut bien être cette ligne qui passe par là, elle aussi ? Je n'en ai pas la moindre idée. Ma feuille de papier est devenue un fouillis inextricable de traits lancés dans toutes les directions. Ah ! j'y suis : cette ligne-là correspond au voyage de Torrismond. Ainsi donc, le mélancolique jeune homme vient à passer justement dans ces lieux, pendant que la princesse repose dans la caverne. A son tour, il s'approche de la grotte, il y pénètre, et la voit.

## X

Par quels détours Torrismond était-il parvenu jusque-là ? Dans le temps qu'Agilulfe circulait de France en Angleterre, d'Angleterre en Afrique et d'Afrique en Bretagne, le cadet putatif des ducs de Cornouaille, lui, parcourait en long et en large les vastes forêts des pays chrétiens, à la recherche du mystérieux campement des Chevaliers du Graal. Et comme, chaque année, la sainte Confrérie a pour règle de changer de logement et de ne révéler jamais sa présence aux profanes, Torrismond avait beau marcher, marcher, pas le moindre indice qui pût l'orienter dans sa recherche. Il allait à l'aventure, guidé pourtant par un confus ressouvenir qui, pour lui, se fondait avec ce nom de Graal. Seulement, était-ce bien l'Ordre des pieux Chevaliers qui l'attirait, ou plutôt le rappel de ses jeunes années passées au milieu des bruyères d'Ecosse ? Quelquefois, quand s'ouvrait devant lui un vallon boisé de noirs mélèzes, un à-pic de roches grises au bas desquelles grondait un torrent blanchi d'écume, il était pris d'un émoi inexplicable, où il voulait voir une prémonition : « Tiens, ils doivent être par ici, ils sont tout près. » Et si, dans cette campagne, venait à s'élever, lointaine, la note sombre d'un cor, alors Torrismond, plein de confiance, entreprenait de fouiller toutes les caches, mètre par mètre, en quête d'une trace. La plupart du temps, il finissait par se trouver nez à nez avec quelque chasseur fourvoyé ou bien avec un pâtre gardant son troupeau.

Arrivé dans la lointaine contrée de Courvoisie, il fit

halte dans un village et demanda à des paysans qui se trouvaient là l'aumône d'un peu de caillé et de pain bis.

— Ça, pour vous en donner, je vous en donnerions de bon cœur, jeune seigneur, dit un chevrier, mais c'est que, regardez, moi, ma femme, mes gosses, comment qu'on est réduits : la peau et les os, quoi ! C'est tous les jours qu'il faut leur bailler quelque chose, à tous ces chevaliers ! Cette forêt, là, elle grouille de gens comme vous, bien qu'ils soient pas habillés pareil. Il y en a toute une bande, et pour ce qui est de s'approvisionner, vous comprenez, c'est toujours sur nous que ça tombe !

— Des chevaliers ? Qui vivent dans cette forêt ? Et comment sont-ils habillés ?

— Manteau blanc, casque d'or, avec deux ailes de cygne sur les côtés, toutes blanches.

— Et très dévots ?

— Peste ? Pour sûr qu'ils sont dévots ! Et l'argent ne leur salit pas les doigts, parce qu'ils n'ont pas un sou vaillant. Mais des prétentions, ça, ils n'en sont jamais à court, et nous autres on n'a qu'à s'exécuter ! Si bien que maintenant on est restés sans rien : c'est la famine. La prochaine fois qu'ils vont venir, quoi voulez-vous qu'on y donne ?

Le jeune homme, déjà, courait vers le bois.


Au milieu des prairies, au fil de l'eau calme d'un ruisselet, voguait un lent troupeau de cygnes. Torrismond marchait à leur suite, le long du bord. Dans l'épaisseur du feuillage, un arpège glissa : « Plic, plic, plic ! » Le garçon poursuivait sa route, et cette musique semblait tantôt le suivre, tantôt le précéder : « Plic, plic, plic ! » Dans une trouée du bois se dressa la silhouette d'un guerrier : il portait un heaume décoré d'ailes blanches, et tenait une lance, ainsi qu'une petite harpe sur laquelle il grattait de temps en temps ces trois notes : « Plic, plic, plic ! » Il ne disait mot ; ses regards n'évitaient pas Torrismond, mais ils semblaient glisser sur lui sans l'apercevoir ; et pourtant, il était manifeste que l'homme accompagnait le garçon. Quand les troncs d'arbres ou les touffes de broussaille les séparaient, il le ramenait sur sa route au signal d'un de ses accords : « Plic, plic, plic ! » Torrismond eût aimé engager la conversation, poser des questions ; il se contentait de suivre l'autre, silencieux et intimidé.

Ils débouchèrent dans une éclaircie du bois. Partout, il y avait des guerriers armés de lances, cuirassés d'or, drapés dans de longs manteaux blancs, immobiles, tournés chacun dans une direction différente, le regard perdu. L'un d'eux laissait tomber dans le bec d'un cygne des grains de maïs, en regardant vaguement quelque part. A un nouvel arpège du joueur de harpe, un guerrier à cheval répondit en levant son cor et en lançant un appel prolongé. Quand le son s'éteignit, tout ce monde se mit à bouger, chacun fit deux ou trois pas dans une direction déterminée ; après quoi ils s'immobilisèrent de nouveau.

— Messieurs les Chevaliers... prononça Torrismond avec effort, excusez-moi, je me trompe peut-être, mais ne seriez-vous pas, d'aventure, les Chevaliers du Gra...

— Que jamais ce nom ne sorte de ta bouche !

Une voix avait retenti derrière son dos. Un chevalier à la tête chenue était arrêté près de lui :

— N'est-ce pas trop déjà, que d'être venu troubler notre pieuse méditation ?

Le jeune homme se tourna vers lui :

— Oh ! ne m'en veuillez pas ! Je suis heureux d'être parmi vous ! Si vous saviez comme je vous ai cherchés !

— Et pourquoi donc ?

— Parce que... » L'envie dévorante de crier son secret l'emporta sur la crainte de commettre un sacrilège. « Parce que je suis votre fils !

Le vénérable chevalier ne parut pas affecté.

— On ne reconnaît ici enfants ni pères, dit-il au bout d'un instant de silence. Celui qui entre dans notre sainte Confrérie répudie tous les attachements terrestres.

Pour Torrismond, de se voir ainsi rejeté à sa bâtardise, ce fut une rude déception : ma foi, il eût préféré, de la part de ses chastes parents, quelque protestation bien courroucée ; alors, il aurait répliqué, fourni des preuves, invoqué la voix du sang ! Mais cette réponse glacée, qui, sans exclure la possibilité de la chose, écartait simplement tout débat, pour des raisons de principe, vraiment le décourageait.

Il insista quand même, par acquit de conscience :

— Je n'aspire à rien d'autre qu'à être accepté pour son fils par votre sainte Confrérie, pour laquelle je nourris une admiration sans bornes !

— Puisque tu admires tant notre Confrérie, dit l'ancien, tu ne devrais connaître qu'une ambition : être admis à en faire partie.

— Et, d'après vous, ce serait chose possible ? s'écria Torrismond, immédiatement séduit par cette perspective inattendue.

— Il faudrait d'abord t'en rendre digne.

— Que dois-je faire pour cela ?

— Te purifier progressivement de toute passion, et te laisser posséder tout entier par l'amour du Graal.

— Ah ! vous le prononcez bien, vous, ce nom !

— Nous autres, Chevaliers, nous le pouvons ; mais non pas vous, les profanes.

— Dites-moi encore : tout le monde ici garde le silence, vous êtes le seul à parler ; pourquoi ?

— C'est à moi que revient la charge des relations avec les étrangers. La parole étant trop souvent, hélas, fornication, les Chevaliers préfèrent s'en abstenir ; sauf lorsque le Graal lui-même s'exprime par leur bouche.

— Expliquez-moi : que dois-je faire pour débuter ?

— Tiens : tu vois cette feuille d'érable ? Une goutte de rosée s'y est recueillie. Tu vas rester sans bouger, à cette place, fixer la gouttelette qui est sur la feuille ; vas-y, concentre-toi, oublie dans cette goutte tout le reste du monde, et continue jusqu'au moment où tu sentiras que tu es tout entier hors de toi-même, seulement habité par l'énergie inépuisable du Graal.

Et il lui faussa compagnie. Torrismond tint les yeux fixés sur la goutte d'eau ; il la regardait, la regardait, il se prenait à songer à ses aventures ; il aperçut une araignée qui se laissait glisser sur la feuille, il regardait l'araignée, regardait l'araignée... allons, il se remit à regarder la goutte, il bougea un pied où il sentait un petit fourmillement, pouah, quelle scie ! Il n'en pouvait plus. Tout alentour, dans la forêt, apparaissaient, disparaissaient des chevaliers cheminant à pas lents, la bouche ouverte, les yeux écarquillés, escortés par des cygnes dont ils caressaient de temps en temps le moelleux duvet. Certains, brusquement, ouvraient tout grands les bras et se mettaient à trottiner en poussant un bruyant soupir.

Torrismond ne put s'empêcher de questionner l'ancien qui se trouvait de nouveau dans les parages.

— Mais ceux-là, qu'est-ce qu'il leur prend ?

— Ce qu'il leur prend ? répliqua le vieillard. C'est l'extase : autant dire une chose que jamais tu ne connaîtras, distrait et curieux comme tu es. Ces frères ont enfin atteint le stade de parfaite communion avec tout ce qui existe.

— Et les autres, là-bas ?

On voyait des chevaliers qui avançaient en se déhanchant, comme secoués de doux frissons, et en faisant toutes sortes de grimaces.

— Ils sont encore à un stade intermédiaire. Sache qu'avant de sentir qu'il ne fait plus qu'un avec le soleil et les étoiles, le novice passe par un état où il ne participe encore que des objets les plus proches de lui. Cette participation n'en est pas moins intense, et produit, surtout chez les jeunes, un certain choc. Ces confrères que tu vois, là, eh bien, le bruit d'une eau courante, le simple frémissement des feuillages ou la poussée d'un champignon sous la terre, cela suffit à leur faire éprouver une sorte de longue titillation pleine de délices.

— Et ils ne se fatiguent pas, à la longue ?

— Petit à petit, ils atteignent aux degrés supérieurs, à des états où ce ne sont plus seulement les vibrations les plus rapprochées qui les émeuvent, mais la respiration infinie des sphères. Ainsi, peu à peu, ils dépouillent toute sensibilité.

— Et ils y arrivent tous ?

— Au contraire, très peu. Un seul d'entre nous y parvient entièrement : l'Elu, le Roi du Graal.

Dans un lieu bien dégagé, une foule de chevaliers étaient en train de faire du maniement d'armes, devant une haute estrade surmontée d'un baldaquin. Sous le baldaquin se tenait assis, ou plutôt recroquevillé, immobile, quelqu'un qui avait l'air moins d'un homme que d'une momie : une momie revêtue elle aussi de l'uniforme du Graal, encore que d'une coupe plus recherchée. Deux yeux grands ouverts ou, pour mieux dire, béants, dans un visage ratatiné comme une vieille châtaigne.

— Il est mort, ou il est vivant ? s'enquit le garçon.

— Il est vivant, sans nul doute ; mais, désormais, il est à ce point possédé par l'amour du Graal qu'il ne sent plus la nécessité de manger, ou de marcher, ou de faire ses petits besoins. Tout juste celle de respirer, et encore... Il ne voit ni n'entend. Nul ne connaît ses pensées : assurément, elles reflètent la course de quelque très lointaine planète.

— A quoi bon le faire assister à ces exercices guerriers, puisqu'il n'y voit goutte ?

— C'est là un des rites du Graal.

Les chevaliers s'entraînaient ensemble aux diverses

formes d'escrime. Ils avaient une façon mécanique de pousser l'épée, le regard dans le vide, et les mouvements de leurs jambes étaient secs et brutaux ; on eût dit qu'ils ne pouvaient jamais prévoir le geste qu'ils feraient un instant après. Et pourtant, ils ne rataient pas une botte.

— Mais comment peuvent-ils se battre, avec ces airs de gens mal réveillés ?

— C'est le Graal qui habite en nous qui fait mouvoir nos épées. L'amour universel prend quelquefois l'aspect d'une épouvantable fureur, et nous incite à étriper passionnément qui nous résiste. Si notre Ordre est invincible dans les combats, c'est parce que nous guerroyons sans effort ni discernement, laissant simplement cette fureur sacrée se donner libre cours par le truchement de nos corps.

— Et ça réussit toujours ?

— Toujours, à condition d'avoir éliminé tout vestige de vouloir humain, et de bien laisser à la toute-puissance du Graal le soin de faire à travers nous le plus petit geste.

— Le plus petit geste ? Même à présent, quand vous marchez ?

Le vieillard avançait à la façon des somnambules.

— Mais certainement. Ce n'est pas moi qui fais bouger mon pied : je me le laisse bouger... Essaie, pour voir. On commence tous par là.

Torrismond essaya... Mais, d'abord, quant à y arriver, pas mèche ; et puis, ensuite, cela ne l'amusait pas du tout. La forêt était là, autour de lui, verdoyante et touffue, toute pleine de froissements d'ailes et de cris d'animaux : il aurait voulu y gambader, s'y enfoncer à son aise, dénicher les bêtes sauvages, opposer à toute cette pénombre, à tout ce mystère, à cette nature inconnue, son être entier, sa force, son effort, son courage. Au lieu de rester là planté, à se balancer de côté et d'autre comme un paralytique.

— Laisse-toi posséder, lui recommandait le vieillard, laisse-toi posséder par toutes choses.

— Heu... c'est que, moi, à vrai dire, lâcha soudain Torrismond, ce qui me plairait, ça n'est pas tant d'être possédé que de posséder.

Le doyen des chevaliers croisa ses coudes sur son visage, de manière à se boucher en même temps les yeux et les oreilles :

— Eh bien ! Tu en as encore du chemin à faire, mon garçon !

Torrismond demeura au campement du Graal. Il s'efforçait d'apprendre, d'imiter ses pères, ou ses frères — il ne savait plus bien quel nom leur donner — il tâchait d'étouffer en soi-même tout mouvement de l'âme qui paraîtrait trop individuel, de se fondre dans la communion à l'amour infini du Graal. Et il concentrait son attention, pour essayer de saisir le plus petit indice de ces effusions ineffables qui plongeaient les chevaliers dans l'extase. Mais les jours passaient, et sa purification ne faisait aucun progrès. Toutes les choses qui, eux, les ravissaient, lui paraissaient assommantes : les murmures, la musique, cette façon d'être toujours là, prêts à vibrer. Mais surtout, ce qui l'horripilait, c'était le voisinage continuel de tous ces confrères : et cette manière bizarre de s'habiller, ou plutôt de rester à moitié nus, avec la cuirasse et le heaume dorés, cet étalage de chairs blêmes... Certains avaient un aspect de petits vieux ; d'autres, de jeunes éphèbes trop soigneux de leur personne, capricieux, jaloux, susceptibles ; cette compagnie lui devenait de jour en jour plus antipathique. Sans compter qu'avec cette histoire du Graal qui les faisait agir, ils se laissaient aller aux pires dérèglements, et n'en prétendaient pas moins à la plus grande pureté.

L'idée qu'il avait pu être engendré dans des conditions pareilles, avec les yeux perdus dans le vide, sans prêter la moindre attention à ce qu'on était en train de faire, et l'oubliant une minute après, lui était intolérable.

Vint le jour fixé pour la réception du tribut. Tous les villages situés alentour de la forêt devaient, à la date prescrite, livrer aux chevaliers du Graal une quantité déterminée de fromages, de boisseaux de carottes, de sacs d'orge et d'agneaux de lait.

Une délégation de villageois s'avança :

— Voilà, nous, on venait vous dire que cette année, sur toutes les terres de Courvoisie, a été bien maigre. On ne sait même pas comment nourrir nos gosses. La famine atteint le riche comme le pauvre. Pieux chevaliers, on voulait vous demander, humblement, de nous dispenser du tribut pour cette fois.

Le Roi du Graal, sous son baldaquin, demeurait immobile et silencieux, comme à son ordinaire. A un certain moment, d'un geste plein de lenteur, il écarta ses mains qu'il avait tenues croisées sur son ventre, les éleva vers le ciel (il avait des ongles interminables), et sa bouche prononça :

— Hiiii...

A ce bruit, les chevaliers s'avancèrent, lances pointées, contre les malheureux Courvoisiens.

— Au secours ! Ne nous laissons pas faire ! s'écrièrent les paysans. Courons nous armer de nos haches et de nos faulx.

Et ils s'égaillèrent.

La nuit venue, les chevaliers, les regards levés au ciel, au son du cor et du tambour, marchèrent sur les villages de Courvoisie. De derrière les haies et les rangées de houblon, bondissaient tous ces vilains brandissant serpes et fourches à fumier, pour tâcher de leur barrer le passage. Mais que faire contre les inexorables lances des

chevaliers ? Une fois enfoncée cette mince ligne de
résistance, les gens du Graal, sur leurs lourds chevaux de
guerre, se précipitaient contre les masures de pierres
sèches et de torchis, faisant crouler les murs sous les
sabots de leurs coursiers, sourds à la plainte des femmes,
des veaux et des jeunes enfants. D'autre chevaliers
portaient des torches allumées et mettaient le feu aux
toitures, aux fenils, aux écuries, aux granges vides : à la
fin, les villages ne furent plus que brasiers bêlants et
hurlants.

Torrismond, entraîné dans la course furieuse des chevaliers, s'arrachait les cheveux.

— Mais enfin, dites-moi, pourquoi, pourquoi ? »
criait-il à l'ancien qu'il suivait d'aussi près que possible :
peut-être celui-là était-il encore capable d'entendre raison... « Ça n'est donc pas vrai que vous êtes possédés de
l'amour universel ! Hé là ! faites attention ! Vous allez
renverser cette pauvre vieille ! Comment pouvez-vous
avoir le cœur de vous déchaîner contre ces déshérités ? A
l'aide, ce berceau est en train de prendre feu ! Mais
qu'est-ce que vous faites ?

— Ne cherche pas à percer les desseins du Graal,
débutant ! l'admonesta le vieillard. Ce n'est pas nous qui
faisons ces choses ; c'est le Graal qui habite en nous qui
nous agite ! Hardi, laisse-toi aller à son amour enragé !

Mais Torrismond, descendu de cheval, s'élançait au
secours d'une mère et remettait entre ses bras l'enfant qui
était tombé.

— Non ! Ne m'emportez pas tout ce peu de récolte !
J'ai tellement trimé ! hurlait un vieux.

Torrismond se jeta à ses côtés :

— Bas les pattes, brigand !

Il se rua contre un chevalier et parvint à lui arracher le
fruit de sa rapine.

— Que le bon Dieu te bénisse ! Mets-toi avec nous ! »
supplièrent quelques-uns de ces pauvres diables, qui

essayaient encore d'opposer une ultime résistance, abrités derrière un bout de mur, armés de leurs fourches, de leurs couteaux et de leurs cognées.

— Disposez-vous en demi-cercle, et fonçons-leur dessus tout en même temps ! » cria Torrismond ; et il se mit à la tête de la milice paysanne de Courvoisie.

Maintenant, il chassait un à un les chevaliers hors des maisons. Il se trouva nez à nez avec l'ancien et deux autres qui brandissaient des torches.

— C'est un vendu ! Ne le laissez pas s'échapper !

Ce fut une empoignade homérique. Les Courvoisiens y allaient de bon cœur, à grands coups de tournebroches ; les femmes et les enfants lançaient des pierres. Tout à coup, un appel de cor : « La retraite ! »

Devant l'énergique réaction de l'habitant, les chevaliers avaient reculé en plusieurs points et, à présent, évacuaient le village.

Même cette bande qui serrait Torrismond de près finit par s'écarter.

— Allons, mes frères ! cria le vieux, laissons-nous emporter là où le Graal veut nous conduire.

— Gloire au Graal ! » hurlèrent les autres, tous en chœur, en tournant bride.

— Hourrah ! Tu nous as sauvés ! » Tous les paysans se pressaient autour de Torrismond. « Tu n'es pas un chevalier comme les autres : tu as du cœur, toi ! Ça existe donc, un chevalier qui a du cœur ! Reste avec nous ! Dis-nous ce que tu veux : on te le donnera !

— A présent... ce que je veux... je ne sais plus... balbutiait Torrismond.

— Hé ! nous non plus on ne savait rien, on ne savait même pas qu'on était des hommes comme les autres, avant la bataille... Et maintenant, on a l'impression de pouvoir... de vouloir... d'avoir un tas de choses à faire... Oh ! bien sûr, ça sera dur... » et ils se retournaient en gémissant du côté des morts.

— Je ne puis demeurer avec vous... Je ne sais même pas qui je suis. Adieu... » Et déjà il galopait au loin.

— Reviens ! lui criaient les villageois.

Mais Torrismond, désormais, avait quitté le bourg, le bois du Graal, la Courvoisie.


Il reprit son vagabondage à travers mille contrées diverses. Jusqu'à ce jour, il avait fait fi de toutes les dignités, de tous les plaisirs ; il n'avait eu qu'un seul idéal, la sainte Confrérie des Chevaliers du Graal. Et maintenant que cet idéal s'était évanoui, quel objet pouvait apaiser son inquiétude ?

Il se nourrissait de fruits sauvages, de soupes de haricots avalées dans les couvents qu'il rencontrait sur son chemin, de coquillages ramassés parmi les rochers du rivage. Et voici que près de la plage bretonne, alors précisément qu'il était en train de chercher des pagures dans une grotte, il apercevait une femme endormie.

Dans ses courses de par le vaste monde, l'emportait un désir de lieux veloutés aux végétations moelleuses, parcourus de souffles de vent bas rasant le sol, et de journées opaques sans un rayon de soleil ; or, après si longtemps, à voir ces longs cils noirs courbés sur une joue ronde et pâle, et la tendresse de ce corps abandonné, et cette main qui reposait sur un sein gonflé, et la nappe soyeuse des cheveux dénoués, la lèvre, la hanche, le gros orteil, l'haleine... le désir de Torrismond maintenant semblait s'apaiser.

Sofronie, soudain, ouvrit les yeux : il était penché sur elle, et la regardait. Elle dit, la voix douce :

— Vous ne me ferez pas de mal ? Mais qu'allez-vous cherchant parmi ces rochers déserts ?

— Ce que je cherche m'a toujours manqué, et ce n'est qu'en ce moment, en vous voyant, que je sais ce que c'est.

Et vous, par quels hasards êtes-vous parvenue sur ce rivage ?

— Je fus contrainte au mariage, alors que j'étais nonne, avec un adorateur de Mahomet ; cette union, toutefois, ne fut jamais consommée, pour ce que j'étais la trois cent soixante-cinquième, et qu'entre-temps un détachement de forces chrétiennes put me conduire jusqu'ici, non sans avoir essuyé, dans ce voyage de retour, une terrible tempête, de même qu'à l'aller j'avais été en butte à une troupe de pirates d'une férocité extrême.

— Je comprends. Et vous êtes toute seule ?

— Mon sauveteur est allé là-bas au camp de l'empereur ; d'après ce que j'ai cru comprendre, il avait quelques affaires délicates à régler.

— Je voudrais vous offrir la protection de mon épée... Toutefois, je crains que le sentiment qui m'a enflammé à votre vue ne déborde, et ne me jette en des entreprises que vous pourriez estimer déshonnêtes.

— Oh ! vous savez, n'ayez pas trop de scrupules, j'en ai tellement vu. Seulement, je vous préviens, chaque fois quand on arrive à un certain moment, voilà le sauveur qui surgit comme un diable de sa boîte, et c'est toujours le même.

— Viendra-t-il encore cette fois ?

— Vous savez, on n'est jamais sûr...

— Et quel est votre nom ?

— Azira, quand je suis dans le gynécée du sultan ; et au couvent, Sœur Palmire.

— Azira, il me semble que je vous ai toujours aimée... que je me suis déjà perdu en vous...

## XI

Charlemagne chevauchait, en route vers les côtes de Bretagne.

— On va bien voir, on va bien voir... Agilulfe des Guildivernes, ne vous énervez pas. Si ce que vous me dites est exact, si cette personne garde encore sa virginité d'il y a quinze ans, alors, pas de problème, vous avez été armé chevalier à juste titre, et ce gamin voulait nous faire prendre des vessies pour des lanternes. Afin d'être ôté de doute, j'ai fait venir avec nous une bonne femme qui s'y connaît dans toutes ces histoires de femelles. Nous autres, militaires, pour ce genre de choses, eh ! on n'a pas le coup de main qu'il faut...

La petite vieille, juchée sur le cheval de Gourdoulou, bredouillait :

— Hi ! te tracasse pas, Majesté, on sera aux petits soins, même des fois que ça serait deux jumeaux...

Elle était dure d'oreille, et n'avait pas encore bien compris de quoi il s'agissait.

Les voici arrivés devant la grotte : deux officiers de la suite impériale y pénètrent les premiers, portant des torches. Ils ressortent consternés :

— Sire, la pucelle en question est livrée aux embrassements d'un jeune soldat.

On déloge les amoureux et on les conduit auprès du Roi.

— Est-ce possible! Toi, Sofronie? s'écrie Agilulfe.

Charlemagne ordonne au jeune homme de relever son visage.

— Torrismond!

Torrismond s'élance vers Sofronie :

— C'est donc toi, Sofronie? Oh! Ma mère!

— Vous connaissez ce garçon? interroge l'empereur.

La femme baisse la tête, elle est toute pâle, elle dit, dans un filet de voix :

— Si c'est là Torrismond, alors oui, car je l'élevai moi-même.

Torrismond bondit à cheval :

— J'ai commis un inceste abominable! Jamais vous ne me reverrez!

Il pique des deux, et se rue vers le bois, en prenant sur sa droite.

Agilulfe, à son tour, éperonne sa monture.

— Moi non plus, vous ne me reverrez jamais! crie-t-il. Je n'ai plus de nom! Adieu!

Et, filant à main gauche, il s'enfonce dans la forêt.

Chacun reste là, médusé. Sofronie a enfoui son visage dans ses mains.

On entend un bruit de galopade, sur la droite. C'est Torrismond qui resurgit de l'épaisseur du bois, à fond de train. Il crie :

— Mais voyons! Puisque jusqu'à tout à l'heure elle était vierge! Comment n'y ai-je pas pensé tout de suite! Elle était vierge : elle ne peut pas être ma mère!

— Vous voudrez bien nous expliquer tout ça? demande Charlemagne.

Sofronie raconte :

— En vérité, Torrismond n'est point mon fils, mais mon frère ou, disons plus exactement, mon frère par le côté gauche... Notre mère la reine d'Ecosse, alors que le roi mon père s'en était allé guerroyer depuis un an déjà, le mit au monde à la suite d'une rencontre inopinée — à ce qu'il semble, du moins — avec la sainte Confrérie des Chevaliers du Graal. Tout à coup, le roi annonce son prochain retour. Alors, la perfide créature (car c'est hélas ainsi que je me vois forcée de qualifier notre mère...) sous prétexte de m'envoyer promener mon frérot, me fit perdre au milieu des grands bois. Elle manigança, pour son époux qui rentrait, un épouvantable mensonge : elle lui fit accroire que moi, qui n'avais que treize ans, je m'étais enfuie pour accoucher d'un petit bâtard. Prisonnière de je ne sais trop quel respect filial, je ne voulus jamais trahir ce secret de notre mère. Et je vécus au milieu des landes, en compagnie de mon demi-frère tout bambin ; pour moi aussi, ce furent des années de liberté et de bonheur, comparées à celles que je dus passer ensuite dans le cloître où m'enfermèrent les seigneurs de Cornouaille. Jusqu'à ce matin, nul homme ne m'avait approchée, et j'ai trente-trois ans. Or voilà que le premier contact, hélas ! se trouve être un horrible inceste...

— Du calme... Voyons un peu comment l'affaire se présente... intervient Charlemagne, conciliant. Assurément, il y a inceste ; malgré tout, entre demi-frère et demi-sœur, la chose n'est pas si grave...

— Mais, vénérable Majesté, l'inceste n'existe pas ! Réjouis-toi, Sofronie ! s'écrie Torrismond, le visage rayonnant. Toutes ces recherches que j'ai faites sur mon origine m'ont amené à découvrir un secret que j'eusse voulu tenir toujours caché : celle que je croyais être ma mère, c'est-à-dire toi, Sofronie, n'était pas née de la reine d'Ecosse ! Tu n'es que la fille naturelle du roi et de la femme d'un régisseur. Le roi te fit adopter par son épouse, celle dont j'apprends, maintenant seulement, qu'elle était ma mère, et qui, pour toi, ne fut qu'une marâtre. A présent je vois bien pourquoi, forcée par le roi de se faire passer pour ta mère malgré qu'elle en eût, elle ne rêvait que d'une chose : se débarrasser de toi. Et, pour y parvenir, elle t'attribua le fruit d'une faute passagère, à savoir : moi... Sofronie, fille du roi d'Ecosse et d'une paysanne, et Torrismond, fils de la reine et des Pieux Chevaliers, ne sont unis par nul lien de parenté, mais uniquement par ce lien d'amour noué librement dans cette grotte, il y a un instant, et que j'espère ardemment que tu voudras bien renouer.

— Hé bien ! mais il me paraît que tout se termine pour le mieux... conclut Charlemagne en se frottant les mains. Seulement, hâtons-nous de retrouver notre bon paladin Agilulfe et de le rassurer, en lui apprenant que ni son nom ni ses titres ne sont plus menacés.

— J'irai, moi, s'il vous plaît, Majesté ! crie un chevalier qui se jette aussitôt en avant.

Ce chevalier, c'est Raimbaut.

Il s'enfonce dans la forêt, en appelant :

— Che-va-lieeeer ! Chevalier A-gi-luuuulfe ! Chevalier des Guil-di-veeeernes ! Agilulfe Edme Bertrandinet des Guildivernes et autres de Carpentras et Syra, chevalier de Sélimpie Citérieure et de Feeeez ! Tout est ar-ran-géééé ! Vous pouvez re-ve-niiiir !

L'écho seul lui répond.

Raimbaut entreprend d'explorer le bois, sentier par sentier ; puis, quand il les a tous battus, il court à travers les précipices et le long des torrents, tendant l'oreille, guettant un signe, une trace. Ah ! voilà l'empreinte des fers d'un cheval... A un certain endroit, les marques deviennent plus profondes, comme si l'animal, ici, s'était arrêté. A partir de là, la trace des sabots continue, plus légère... On dirait que le cheval n'est plus gouverné et trotte à sa guise. Mais, du même point, se détache une autre piste : les empreintes de pas dans des poulaines de fer. Raimbaut suit, retenant son haleine.

Il parvint dans une clairière. Au pied d'un chêne,

jonchant le sol, il voit un casque renversé au cimier couleur d'iris, une cuirasse blanche, cuissards, brassards et gantelets, bref, toutes les pièces de l'armure d'Agilulfe. Certaines ont été empilées avec, semble-t-il, le souci de bâtir une pyramide régulière ; les autres jetées par terre pêle-mêle. Piqué au pommeau de l'épée, un carton : « Je lègue cette armure au chevalier Raimbaut de Roussillon. » Et, juste en dessous, il y a une moitié de boucle, comme d'une signature commencée et aussitôt interrompue.

— Chevalier ! » appelle Raimbaut, et il ne sait plus de quel côté se tourner : vers le casque, vers la cuirasse, vers le grand chêne ou vers le ciel. « Chevalier ! Reprenez votre armure ! Votre rang dans l'armée et dans la noblesse du royaume ne sont plus contestables !

Tout en criant, il essaie tant bien que mal de reconstituer l'armure et de la mettre debout :

— Vous y êtes, chevalier, personne ne peut plus en douter désormais !

Nulle voix ne lui répond. Les pièces de l'armure n'arrivent pas à tenir ensemble, le heaume roule par terre.

— Chevalier ! Vous avez résisté pendant si longtemps, par la seule force de votre volonté, vous avez toujours réussi à faire les choses comme si vous existiez : alors, pourquoi flanchez-vous tout d'un coup ?

Mais il ne sait plus où donner de la voix : l'armure est vide ; vide, non pas comme elle l'était naguère, mais vide, en plus, à présent, de ce quelque chose qui s'appelait le chevalier Agilulfe et qui, désormais, s'est perdu comme une goutte dans la mer.


Maintenant Raimbaut détache sa cuirasse, il se déshabille et enfile la blanche armure, il coiffe le heaume d'Agilulfe, il serre très fort dans ses mains l'écu et le glaive, et saute à cheval. Dans cet équipage, il paraît devant l'empereur et sa suite.

— Ah ! Vous voilà de retour, Agilulfe. Content, hein ?

Mais, du creux du casque, c'est une autre voix qui répond :

— Sire, je ne suis pas Agilulfe !

La visière se soulève, et l'on voit apparaître le visage de Raimbaut :

— Du chevalier des Guildivernes, il n'est resté que cette armure blanche, et ce bout de papier qui m'en accorde la propriété. Dieu, qu'il me tarde donc de me jeter dans la bataille !

Or les trompettes donnent d'alarme : d'une flottille de felouques vient de débarquer en Bretagne une armée de Sarrasins. La troupe franque court se former pour le combat.

— Voilà ton désir exaucé, dit le roi Charles, l'heure est venue de cogner ferme. Fais honneur aux armes que tu portes. Cet Agilulfe avait un caractère difficile, mais, pour ce qui est de se battre, il savait la manière !

L'armée des Francs tient tête aux envahisseurs, ouvre une brèche dans le front sarrasin, où le jeune Raimbaut est le premier à se ruer. Il se démène comme un diable, il frappe, il se protège, il assène et il encaisse. Bon nombre des mahométans, déjà, ont mordu la poussière. Raimbaut embroche, embroche, autant que sa lance en peut porter. Voilà que les bataillons débarqués se replient, se pressent autour des felouques à l'ancre. Talonnés par les troupes franques, les vaincus prennent le large, hormis ceux qui sont restés à baigner de sang infidèle la terre grise de Bretagne.

Raimbaut est sorti de la mêlée victorieux et indemne. Seulement l'armure, la belle armure d'Agilulfe, toujours si blanche, lisse, impeccable, est toute crottée à présent, dégouttante de sang ennemi, constellée de bosses, défoncée, zébrée d'égratignures et d'éraflures ; le cimier a perdu la moitié de ses plumes, le heaume est tordu et l'écu entamé juste au milieu du mystérieux blason. Désormais, le jeune homme sent qu'elle est bien son armure à lui, Raimbaut de Roussillon, le petit malaise éprouvé au début, au moment de l'endosser, a disparu : déjà, elle lui va comme un gant.

Il galope, tout seul, sur la croupe d'une colline. Du fond de la vallée monte une voix perçante :

— Hé ! toi, là-haut, Agilulfe !

Un chevalier s'est élancé à sa rencontre ; il porte, par-dessus sa cuirasse, un ample manteau couleur pervenche : c'est Bradamante qui cherche à le rejoindre.

— Enfin, je te revois, ô mon blanc chevalier !

« Mais non, Bradamante, je ne suis pas Agilulfe : je ne suis que Raimbaut ! » : il a envie de lui crier ça, tout de suite, et puis il pense qu'il vaut mieux dire ces choses-là de près, et tourne son cheval pour aller vers elle.

— Enfin ! C'est toi qui cours à ma rencontre, insaisissable guerrier ! Oh ! que ne me fut-il donné de te voir courir après moi, toi aussi, toi, le seul homme dont les actions ne soient pas jetées là, au petit bonheur, improvisées, mal dégrossies, comme celles de toute cette meute que j'ai tous les jours à mes trousses !

Et, ce disant, voilà qu'elle tourne elle aussi son cheval et essaie de lui échapper, non sans regarder continuellement en arrière pour voir si lui se prend au jeu et la poursuit.

Raimbaut brûle de lui dire : « Ne t'aperçois-tu pas que je ne suis qu'un homme comme tant d'autres, qui va comme un balourd, dont chaque geste trahit le désir, l'insatisfaction, l'inquiétude ? Moi aussi, je ne cherche

rien de plus que d'être quelqu'un qui sache ce qu'il
veut ! »

Et, pour pouvoir le lui dire, il galope derrière elle qui
rit et murmure :

— Enfin, voici le jour dont j'ai si longtemps rêvé !

Il l'a perdue de vue. Devant lui, un vallon solitaire où
l'herbe est haute. Son cheval à elle est attaché à un
mûrier. Tout ressemble à ce premier jour où il la
pourchassait, sans savoir encore qu'elle était femme.
Raimbaut descend de cheval : elle est là, il la voit,
couchée de tout son long sur un penchant tapis de
mousse. Elle a retiré son armure, elle est vêtue d'une
courte tunique couleur topaze. Ainsi vautrée, elle ouvre
les bras vers lui, et Raimbaut s'approche dans son armure
blanche. Eh bien, c'est le moment de lui dire :

« Je ne suis pas Agilulfe ; cette armure dont tu es
éprise, regarde, maintenant, comme elle révèle la pesan-
teur d'un corps, fût-il jeune et souple comme le mien. Ne
vois-tu pas que cette cuirasse a perdu son inhumaine
blancheur, et n'est plus rien qu'un vêtement à l'abri
duquel on fait la guerre, exposé à tous les chocs, un
accessoire malmené et précieux ? »

C'est tout cela qu'il voudrait dire ; mais non : il reste là,
les mains lui tremblent, il fait vers elle des pas hésitants.
Le mieux, ne serait-ce pas de se démasquer, d'ôter cette
armure, de laisser voir qu'il est Raimbaut ? En ce
moment, par exemple, où elle garde les yeux clos, avec un
sourire d'attente ? Le jeune homme défait bien vite son
armure, le cœur serré : à présent Bradamante, en ouvrant
les yeux, va le reconnaître... Non : elle a posé une main
sur son visage, comme si elle craignait de troubler par ses
regards l'invisible approche du chevalier inexistant. Et
Raimbaut se jette sur elle.

— Oh oui ! J'en étais sûre ! s'écrie Bradamante, les
paupières baissées. J'ai toujours été sûre que ce serait
possible !

Elle se serre contre lui et, pris tous deux d'un égal transport, ils s'unissent.

— Oh oui ! Oui ! J'en étais sûre !

A présent que cela est chose faite, l'heure est venue de se regarder dans les yeux.

Raimbaut songe aussitôt, dans un éclair d'orgueil et d'espérance : « Elle va me voir, elle comprendra tout, elle comprendra qu'au fond c'était juste, que c'était beau, et m'aimera toute la vie ! »

Bradamante a ouvert les yeux :

— Oh ! Toi !

Elle s'écarte du lit de mousse, elle repousse Raimbaut.

— Toi ! Toi !

Bradamante hurle, et sa bouche se tord de rage, et les larmes giclent de ses yeux.

— Toi ! Imposteur !

Elle est debout, l'épée brandie ; elle la lève sur Raimbaut et l'abat, mais avec le plat seulement, sur la tête du garçon que le choc assomme à demi ; et lui, tout ce qu'il a réussi à lui dire en tendant ses mains désarmées, peut-être pour parer le coup, peut-être pour l'étreindre encore, ç'a été :

— Mais dis, dis, est-ce que ça n'était pas merveilleux... ?

Ensuite il tombe, évanoui, avec dans l'oreille un bruit confus : le galop du cheval de Bradamante qui s'en va...

Si bien à plaindre est l'amoureux qui soupire après des baisers dont il ne connut jamais la saveur, mille fois plus infortuné celui qui la goûta, cette saveur, juste un instant, et puis en fut à tout jamais privé. Raimbaut reprend sa vie d'intrépide soldat. Au plus fort de la mêlée, il est là, et sa lance ouvre le chemin. Quand, dans le tourbillon des

épées, brille un éclair couleur pervenche, il s'élance :
« Bradamante ! » crie-t-il, toujours en vain.

Le seul à qui il aimerait confesser son tourment a
disparu. Quelquefois, marchant au hasard à travers les
bivouacs, il s'arrête : la façon insolite qu'a une cuirasse de
se dresser au-dessus des braconnières, le mouvement
brusque d'une cubitière qui se relève, le font sursauter :
voilà qui lui rappelle Agilulfe. Et si jamais le chevalier ne
s'était pas évaporé ? S'il avait découvert une armure de
rechange ? Alors Raimbaut s'approche et demande :

— Sans vouloir vous offenser, mon cher collègue,
j'aimerais que vous souleviez la visière de votre
heaume...

Et, chaque fois, il espère se trouver devant un trou sans
rien dedans : et, chaque fois, dedans, il y a un nez qui
surmonte deux bouts de moustaches frisottées.

— Oh ! excusez-moi, murmure-t-il.

Et il s'éloigne bien vite.


Il y a quelqu'un d'autre encore qui va à la recherche
d'Agilulfe : c'est Gourdoulou qui, sitôt qu'il aperçoit une
marmite vide, un baquet ou le toit d'une maison, s'arrête
et lance à la cantonade :

— M'sieur mon maître ! Pour vous servir, m'sieur mon
maître !

Assis dans un champ, au bord de la grand-route,
Gourdoulou est en train de faire un long discours, le nez
sur le goulot d'une fiasque, quand une voix l'appelle :

— Hé ! Gourdoulou ! Qui cherches-tu donc là-dedans ?

C'est Torrismond qui passe : ses noces avec Sofronie
viennent d'être célébrées en grande pompe, en présence
de l'empereur ; il chevauche avec son épouse et tout un
fastueux cortège vers la terre de Courvoisie, dont Charlemagne l'a fait comte.

— C'est mon maître que je cherche, répond Gourdoulou.

— Dans cette fiasque ?

— Mon maître, c'est quelqu'un qui n'y est pas ; par
conséquent, il peut aussi bien ne pas y être dans une
bouteille que dans une armure.

— Mais ton maître s'est dissous dans les nuages !

— Alors, moi, maintenant, je suis l'écuyer d'un
nuage ?

— Tu seras mon écuyer à moi, si tu veux me suivre.


Ils parvinrent en Courvoisie. Le pays était méconnais-
sable. Au lieu des hameaux, de vraies villes s'étendaient,
avec de grandes maisons de pierre de taille, et des
moulins, et des canaux.

— Me voici de retour, braves gens, je vais demeurer
avec vous...

— Bravo ! A la bonne heure ! Vive lui ! Vive la mariée !

— Attendez... Votre joie n'éclatera que mieux quand
je vous aurai dit la nouvelle : l'empereur Charlemagne,
dont vous ne manquerez pas dorénavant de révérer le
nom divin, m'a octroyé le titre de comte de Courvoisie !

— Ah oui... Mais... Charlemagne ? A vrai dire...

— Vous ne comprenez pas ? A présent vous avez un
comte ! Et je saurai vous défendre encore contre les
tracasseries des Chevaliers du Graal !

— Oh ! ceux-là, il y a belle lurette que nous les avons
chassés de toute la Courvoisie ! Voyez-vous, nous autres,
pendant si longtemps, on n'a jamais fait qu'obéir... Mais
maintenant on a vu qu'on peut très bien vivre sans rien
devoir à des chevaliers ou à des comtes. Nous cultivons
nos terres, nous avons monté des ateliers d'artisans, des
moulins, nous tâchons, par nos propres moyens, de faire
respecter nos lois, de défendre nos frontières. En somme,

on s'en tire pas trop mal, faut pas se plaindre. Vous êtes un jeune homme généreux, on n'est pas près d'oublier ce que vous avez fait pour nous... Habiter ici ? Nous autres, on ne demande pas mieux... mais comme notre égal.

— Votre égal ? Vous ne voulez pas de moi pour comte ? Mais c'est un ordre de l'empereur, comprenez-vous ? Il est impossible que vous refusiez de vous y soumettre !

— Hé, hé ! Impossible, impossible... On dit toujours ça... C'est comme pour les Chevaliers du Graal : ça semblait impossible de s'en débarrasser. Et, en ce temps-là, on n'avait pourtant que nos fourches et nos serpes... Nous, notez bien, on ne veut du mal à personne, jeune homme, et à vous moins qu'à quiconque. Vous êtes un garçon de valeur, vous êtes au courant d'un tas de choses que nous autres on ne sait pas. Si vous vous installez ici, d'égal à égal, si vous ne nous maltraitez pas, qui sait, vous deviendrez peut-être quand même le premier parmi nous...

— Torrismond, je suis lasse de tant de traverses, dit Sofronie en relevant sa voilette. Tous ces gens m'ont l'air raisonnable et courtois. Et la ville me paraît plus plaisante et mieux achalandée que beaucoup d'autres... Pourquoi ne pas essayer d'en venir à un arrangement ?

— Et notre escorte ?

— Ils deviendront tous citoyens de Courvoisie, répondirent les habitants, et ils auront selon leurs mérites.

— Ainsi, je devrai tenir pour mon égal cet écuyer, ce Gourdoulou qui ne sait même pas s'il y est ou s'il n'y est pas ?

— Il apprendra lui aussi... Nous non plus, nous ne savions pas que nous étions au monde... Même exister, cela s'apprend.

## XII

Livre, voici venue la fin... Ces temps derniers, je ne sais pourquoi, je me suis mise à écrire à toute allure : d'une ligne à l'autre, je bondissais parmi les nations, et les mers, et les continents. Oui, qu'est-ce donc, cette hâte qui m'a saisie, et cette impatience d'arriver ? On dirait que je suis dans l'attente de quelque chose... Et que peut bien avoir à attendre une pauvre nonne, en ce lieu retirée pour fuir, précisément, un monde où tout n'est que hasard et vicissitude ? Pourrais-je escompter autre chose que de nouvelles pages à remplir, et le tintement sempiternel de la clochette du couvent ?

Tiens, on entend un cheval galoper par le chemin montant ; le voilà qui s'arrête juste ici, à l'entrée du monastère. Le cavalier frappe à la porte. De ma lucarne, je n'arrive pas à le voir, je distingue seulement sa voix.

— Hé ! mes sœurs, m'entendez-vous ?

Mais... cette voix ? Me trompé-je ? Oui, c'est bien elle ! C'est la voix même de Raimbaut, que j'ai fait si souvent retentir au long de ces pages ! Que peut-il donc chercher ici, Raimbaut ?

— Hé ! mes sœurs, de grâce, sauriez-vous me dire si dans votre couvent n'a point trouvé refuge une guerrière, la fameuse Bradamante ?

Bien sûr ! A force de chercher Bradamante de par le monde, Raimbaut devait finir par arriver jusqu'ici.

J'entends la voix de la sœur portière qui répond :

— Non, militaire, ici point de guerrières, mais seulement de pauvres femmes dévotes, qui prient pour la rémission de tes péchés !

A présent, c'est moi qui cours à la fenêtre et crie :
    — Si, Raimbaut, je suis là, attends-moi, je savais que tu viendrais, attends, je descends, je vais partir avec toi ! » Vite, j'arrache ma coiffe, mes bandeaux, ma robe de bure, je tire du coffre la petite tunique couleur topaze, la cuirasse, les jambières, le heaume et les éperons, et puis mon grand manteau pervenche. « Attends-moi, Raimbaut ! Je suis là, c'est moi, Bradamante !

Eh bien oui, livre. Sœur Théodora, qui contait cette histoire, et la belliqueuse Bradamante sont une seule et même femme. Ma vie est partagée : tantôt je galope à travers les champs de carnage, entre un duel et un amour ; tantôt je viens m'enfermer dans les cloîtres, méditant sur les aventures passées, les écrivant et tâchant de m'y retrouver. Quand je cherchai refuge ici, j'étais éperdue d'amour pour Agilulfe ; maintenant, je brûle pour le jeune et passionné Raimbaut.

Voilà pourquoi, à un certain moment, ma plume s'est mise à courir, à courir ! C'est vers lui qu'elle courait ; elle savait bien qu'il ne tarderait guère à venir. Chaque page ne vaut que lorsqu'on la tourne et que derrière, il y a la vie qui bouge, qui mêle inextricablement toutes les pages du livre. La plume vole, emportée par ce plaisir même qui nous fait courir les routes. Le chapitre entamé, on ignore encore quelle histoire il va raconter ; c'est un peu comme ce recoin où, tout à l'heure, je vais tourner en sortant du couvent, sans savoir ce qu'il me réserve : un dragon, une troupe barbaresque, une île enchantée, un amour né de la surprise...

Raimbaut, je cours ! Je ne salue même pas la Mère Supérieure. Elle me connaît bien, et sait que toujours, après les tueries et les étreintes et les espérances déçues, je reviens au monastère. A présent, pourtant, ce ne sera plus la même chose... Ce sera...

J'ai conté au passé, et parfois le présent, dans les instants mouvementés, s'emparait de ma main. Mais voici, ô futur, que j'enfourche ton cheval ! Quels nouveaux étendards brandis-tu vers moi, au faîte des tours de cités point encore fondées ? Quels torrents dévastateurs vont rouler des châteaux et des jardins que j'aimais ? Quels âges d'or imprévisibles apprêtes-tu, ô toi mal gouverné, toi, fourrier de trésors payés d'un prix si cher, toi, mon royaume à conquérir, futur...

*Mars-septembre 1959.*

IMPRIMERIE BUSSIÈRE À SAINT-AMAND (CHER).
DÉPÔT LÉGAL JANVIER 1984. N° 6685 (2472).

# Collection Points

## SÉRIE ROMAN